いつでも二番目な私でしたが、エリート御曹司に熱烈求婚されそうです⁉

奏多

Illustration

天路ゆうつづ

いつでも二番目な私でしたが、エリート御曹司に熱烈求婚されそうです!?

contents

プロローグ

梅雨が明けたばかりの七月下旬――。

その夜、都心にあるレトロな雰囲気の小さなＢＡＲでは、しっとりとしたクラシック音楽が流れていた。

ショパンの『雨だれの前奏曲』――慈雨の如き穏やかさが心地よいピアノ曲だ。

しかし曲の途中で、旋律は段々と激しくなり、不穏さを掻(か)き立てる。

その中で、カウンターに座る長い黒髪の女性――雁谷坂汐梨(かりやざかしおり)は大きなため息をつくと、テキーラサンライズを口に含んだ。

どこか儚(はかな)げで物静かな印象を与える、控え目に整った顔立ち。

すっと背を伸ばした姿はとても上品で、育ちのいい清爽なお嬢様が酒を嗜(たしな)んでいるかのようだ。

今年二十九歳の彼女は、今夜は強めのアルコールでも飲まなければやってられない気分だったが、彼女がそんな荒(すさ)んだ心地でいることは、外からは窺(うかが)い知れない。

曲が終盤にさしかかると、カランと鐘の音がして、ダークスーツの男性客が入ってきた。

男は汐梨の姿を見つけると、彼女の横に座った。

「今夜はお会いできましたね、シオリさん」

凛とした涼しげに整った顔立ち。無造作に整えられた、艶やかな黒髪。

漆黒の瞳をした切れ長の目は鋭く、硬派で冷たいイメージが強い美貌の男だ。

しかし汐梨と顔を合わせると、頬を緩め、少しあどけなく笑う。

「ふふ、そうですね。お元気そうでなによりです、ルイさん」

汐梨は頬にかかった己の黒髪を耳にかけて、控え目に微笑んだ。

ちょうど半年前、付き合って一年目の汐梨の恋人――林田宗佑と結婚が決まった頃、ふらりと立ち寄ったこのＢＡＲに彼――ルイがやってきた。

ここのオーナーとは仕事で知り合ったらしいが、彼の職場から比較的近いこのＢＡＲを気に入って、たまにこうして訪れ、オーナーがいてもいなくても酒を一杯だけ飲んでから帰るという。

「ニコラシカを」

ルイは今夜も変わらず、いつものショートカクテルをオーダーした。

ニコラシカは、ブランデーが注がれたグラスの上に輪切りのレモンが置かれ、その上に山状に固められた砂糖が乗っている、個性的なカクテルである。

ルイお気に入りのニコラシカがくるまで、ふたりは笑顔で差し障りのない雑談を交わした。

汐梨が初めてルイと会った時、彼は汐梨を見て大層驚いた顔をした。汐梨はルイに見覚えがなかったため、どこかで会ったことがあるのか尋ねてみると、彼の知人に汐梨が酷似していたからだったらしい。

その知人は酒が飲めないため、汐梨は別人だとすぐに彼は納得した。

それで終わった会話だったのに、彼が頼んだ一風変わったカクテルを、どう飲むのか興味津々に視線を送っていたところ、それに気づいたルイが親切に教えてくれたのだ。

それを縁にして、たまにこうして顔を合わせると、隣り同士で歓談する。

——癒やしの時間にリアル事情は不必要。互いに詮索することなく、気楽にお話ししましょう。

そんな提案に乗り、いまだ互いに名前も住所も職業も、連絡先すら明かさない酒飲み友達だ。

年齢は汐梨と同じくらいだろうとは思うが、物事に対する落ち着いた考え方や余裕めいた態度は、汐梨よりも大人のものだ。もしかすると年上なのかもしれないが、年齢で関係が崩れることはない。

——名無しの三人称での会話はしづらいですね。便宜上ということで、名だけは公開しませんか。

愛称でも偽名でもいいと彼は笑ったが、汐梨は苗字よりも言いやすい名の方を告げた。性格上、偽りを口にすることができなかったのもある。

彼が口にしたルイという名は、彼の本当の名前かどうかわからないが、謎めいたままにしておいた方が面白い気がして、あえて問い質すこともなかった。

ルイは多忙らしく、月に二度会えればいい方だ。会ってもせいぜい三十分程度で帰ってしまう。

ささやかな会話しかしていないが、会えるとほっとできる相手でもある。

そんなルイは、すぐに用意されたニコラシカに手をつけず、汐梨に心配げな顔を向けてきた。

「……シオリさん。なにか、悲しいことでもありましたか？」

汐梨は聡い彼に驚きつつも、酔っていた勢いもあり、素直に答えた。

「よくある話です。……再来月に結婚しようとしていた二歳年上の恋人に、女がいたという」

自嘲気味に笑い、汐梨は再びテキーラサンライズを口に含む。

自分のことを語るのはルール違反かなとも思ったが、彼から咎める言葉はない。

ルイは眉間に皺を刻んだ後、砂糖を乗せたレモンを二つ折りにして齧り、ブランデーをぐっと飲み干した。

「いつもシオリさんの左手の薬指に指輪があったから、そういう相手がいるだろうことはわかっていました。しかし、あなたの勘違いとかではなく？」

「ええ。彼の部屋で、全裸でお楽しみ中だったふたりを目撃したんです」

汐梨は、指輪がなくなった指をさすりながら、遠い目をして続けた。

「今夜の夜勤がなくなり帰宅したところ、家で育てていた〝月下美人〟という白い花が咲いていまして。一夜限りで咲く花だから、写真ではなく現物を見せたいと、鉢を持って彼の家に行ったんです。途中スマホを家に忘れたことに気づいたけれど、取りに戻ると花が萎んでしまいそうでそのまま彼の家に行きました」

汐梨は息を切らして夜道を駆けて、宗佑のマンションに向かったことを思い出した。

事前連絡なしの夜の訪問となったが、宗佑はきっと驚きながらも喜び、汐梨が手にしたささやかな幸せを一緒に感じてくれるはず——そう思いながら、いつものようにインターホンを鳴らそうとした。

しかしその時、なぜかボタンを押すことを逡巡し、先にドアノブを回してみたのだ。

すると鍵はかかっておらず、簡単にドアが開いた。

宗佑は家に帰っているらしい。鍵をかけることも忘れるほど疲れているのだろうか。

不用心だと思いつつ、声をかけようとした汐梨だったが、ふと玄関を見て顔を強張らせた。

そこには、汐梨のものではない、女物のお洒落なハイヒールがあったからだ。

彼は独り暮らしだし、姉妹はいない。汐梨は胸騒ぎを覚え、足音を忍ばせて中に入った。

廊下には男女の服や下着が散乱し、寝室に続いている。物音がするそのドアを開けると——。

——やっ、あん、宗佑、宗佑、宗佑っ、すごぉおい、愛里、イッちゃう！

——ああ、僕も……僕もだよ、愛里ちゃん。すごくいい、たまらない！

汐梨が抱かれていたベッドに、仰向けになった宗佑の上に跨がり、髪を振り乱して揺れる女がいた。

——宗佑、生のままで出して。愛里に直接、熱いのを注いで！

——ああ、わかった。子供、子供を作ろう。ああ、イキそう！

汐梨は、嫌悪と絶望に満ちた場面を思い出して唇を噛みしめると、ルイが静かに問うた。

「見知らぬ女という表現をしていないのは、知っている女だったんですね」

「——はい。わたしの妹の……愛里でした」

三才違いの妹は、地味目の汐梨とは違い、華やかな美人でアパレルショップの店長をしている。

「学生時代も何度か……あったんです。わたしに好意を寄せてくれる男性を奪われたことは。だけど彼は、宗佑だけは……そういう誘惑に靡かない、誠実で実直な男性だと思っていたんですが」

笑うしかできなかった。

どんなに否定したくても、この目で見てしまったのだからそれが真実だ。

「目が合うと、妹は彼と繋がったままで『夜勤じゃなかったんだ、お姉ちゃん』と笑い、そして……」

——濡れもしない不感症のお姉ちゃんが、宗佑を満足させてあげないから悪いのよ。

そのままを口にした汐梨は、悲しげに視線をグラスに落とした。

「わたし……先月妹に、彼と結婚するつもりだと紹介したんです。両親は事故で亡くなっているので、いくら疎遠であっても愛里だけが家族ですし。間違いなくその時は、ふたりは初対面でした」

汐梨はゆっくりとグラスを揺らし、続ける。

「それからどんなやりとりがあって、いつから体の関係になったのかはわかりませんが、彼は裏で妹に不満を口にしていたのでしょう。わたしは、彼の変化に気づかなかった。結婚話が進まないのも、会えない日が多くなったのも、仕事が繁忙期に入ったからだと……彼の言葉を疑いもせず」

まさか、真面目だった彼が浮気をしていたとは、考えもしていなかったのだ。

「彼は、突然現れたわたしを見ても焦りもせず、もう少しで達するから待っていてくれと言いました。急いで弁解することもない……わたしは、そんな程度の女でした」

笑いたくもないのに、顔が笑いを作ってしまう。

「わたし、ショックで月下美人の鉢を落として割ってしまって。そして衝動的に土と花をふたりに投げつけたんです。そしたら彼、腰を振り続けながら妹を庇い、わたしにこう言いました」

——体の相性が合わないから、別れよう。きみとは結婚できない。

そう言った時の、妹の勝ち誇った顔が、脳裏から消えない。

「せめてもの情けで、不法侵入と、部屋を土で汚した件は許してやると言われました。わたし、気持ち悪くなって、指輪を投げ捨てて部屋から飛び出して……ここに来ていました……」

今自分はルイに、どんなに醜い笑みを見せていることだろう。

「この人ならば信じられる。この人ならば一番目で愛してもらえる。そう思ったのに、やっぱりわたしは──二番目で終わる女でした。今となれば、二番目どころかそれ以下だったのかもしれません」

カクテルグラスを持つ手が震え、グラスがカタカタと音をたてる。

「両親の愛も、いつだって愛里の次。親友だと思っていた友達も、わたしは二番目で。勉強や仕事も、いつも二番目止まり。好きになる人も皆、本命がいる。でも宗佑は、そんなわたしを知った上でプロポーズしてくれて。だからこの先もずっと、彼の一番目でいられると信じてしまっていたんです」

カタカタと鳴っていたグラスが、音を止める。

ルイが、汐梨の手を押さえたのだ。

「なぜ、泣かないんですか。こんなにつらい目にあったのに」

鋭い眼光が、汐梨の弱さを射抜こうとする。

「泣けないんです。怒りや悲しみはあるけれど、慣れた感覚だから涙が出てこない」

「そんなもの、慣れるはずがない。痛みはあなたの心を抉(えぐ)っている。抉られすぎて、痛みを感じなくなっているだけだ」

ルイは怒っていた。それを見てふっと笑みがこぼれると、彼は気分を害したように目を細めた。

「失礼しました。馬鹿にしたわけではないんです。お酒を一緒に飲むだけのわたしの代わりに、そんなに怒ってくれるなんて、ルイさんっていい人だなって思って」

「普通の感覚だ！　浮気をして婚約を破棄したのだから、慰謝料もとれます。なんなら……」

「そんなお金はいりません。妹と結婚したいなら勝手にすればいい。わたし……今でも不思議と、彼を取り戻したい気持ちはなくて。このまま別れたいんです。一番目でないのなら、いらない……」

冷たいのだろうか。それとも強がりなのだろうか。

結婚までしようとしていたのに、執着がない。

「今まで彼のことを好きだと思っていたけれど、一番目にしてもらう代わりに、彼を好きだと思いこもうとしていただけなのかもしれない。結婚する前に気づけてよかったかも……」

笑う。笑う。

しかし汐梨が笑えば笑うほど、ルイの端正な顔が悲痛さに歪んでいく。

今の彼は、硬派どころか繊細な感情を持つ、慈愛に満ちた男に思える。

たとえそれが同情であろうとも、寄り添おうとしてくれたのは嬉しいと思った。

「せっかくの癒やしの時間に、こんな重い話、すみません。わたし、これで……」

立ち上がろうとしたが、ルイはその手を離さなかった。

「このまま、あなたを帰したくない」

魅惑的な漆黒の瞳が、熱を滾らせて揺れている。

「泣けないあなたを癒やしたい」

それがどんな意味を持つのか、わからないほど子供ではない。

彼がこうした男の艶を見せるのは初めてのこと。

安全領域にいた男が危険な存在になったことに戸惑い、汐梨は及び腰になりながら言う。

「あの、ルイさん。わたし、あっちがだめならこっちと乗り換えられるような女では……」

「あなたの心は、今は望みません。だから一番とか、二番とか、そんなことを考える必要がない」

ルイは、汐梨の手に指を絡ませて握る。

互いに酒気を帯びた熱い手は、じっとりと汗をかいている。

「あなたですら把握できない、あなたの感情を……解放させてください」

彼の眼差しは痛いくらいに真っ直ぐだ。傷心の女相手に、こんなにはっきり情欲を滾らせているのに、邪さや軽々しさを感じない。それどころか、汐梨を痛みから守りたいという想いが強く伝わってきた。

そうした優しさを混ぜるのが〝口説く〟という行為なのか、彼の手管なのか、汐梨にはわからなかったけれど、ルイの熱情に共鳴したかのように体が熱くなり、囚われてしまった。

「シオリさんは、感情をもった人間なんです」

その言葉は汐梨の心を震わせ、酔いを強めたような甘美な陶酔感が胸の奥を満たしていく。

それを土壌にして、散らしてしまった月下美人が再び蕾をもち、花開こうとしている。

……一夜限りで終わる、幻の花が。

ランプシェードの光が、淡い光を放つホテルの一室――。

ダブルベッドの上では、一糸まとわぬ姿のふたりがいる。

癒やしたいとの言葉通り、ルイの愛撫は優しかった。

まるで彼に愛されていると錯覚してしまうほどに。

それでいながら、焦らすようにしてしっかりと、汐梨の官能を引き出していく。

全身にあますところなく熱い唇を落とされた後、汐梨の両足は大きく押し広げられた。

酔いに似た陶酔感に浸りながら、もう繋がるとばかり思っていた汐梨は、ルイの顔がそこに近づいているのを知る。慌てた時にはもう、秘処にはルイの顔が埋められ、音をたてて蜜を啜られていた。

「ひゃあああ……」

しかも熱を帯びた瞳で、じっと汐梨の顔を見つめられたまま。

汐梨は刺激に戦慄く足で彼の頭を挟んでしまうが、その足は難なくルイに開かれる。

「ルイ、さん……だめ、です。そんなところは！」

ルイの肩を押して抵抗するが、着痩せした逞しい身体はびくとも動かない。

それどころか彼は、汐梨の手を掴むと彼女の手を足の下に通し、指を絡ませて握る。

足をはしたなく開いたまま固定され、もどかしかったそこから熱いものがこぼれる。

それをうっとりとした顔で舐めとるルイは、頭を振りながら舌で蜜をかき集めては、嚥下する。

恥ずかしさと気持ちよさにどうにかなってしまいそうだ。

「ふふ。こういうこと……彼はしなかったんですか」

「し、しません。そんな……いやらしいことなんて！」

くねった舌が、ちろちろと花園の表面を掻き回す。

「いやらしくないのは、愛の行為とは言えませんね」

まるでそれは、自分がしているのは愛の行為だと言わんばかりに。

「肌に触れるだけでびくびくと感じるあなたが、不感症のわけがない。今だってこんなに蜜を流して、俺を誘うのに。……その男が、馬鹿すぎるんです。あなたは魅惑的だ……」

ルイは妖艶な微笑を汐梨に向けた後、目を伏せながら、ひくつく花園に唇を押しつけた。

唇の熱が、じんわりとした快感になって体に広がってくる。

汐梨が思わず感嘆のため息のような声を漏らしてしまうと、ルイはゆっくりと目を開き、そこに口をつけたままで視線を絡めてくる。

逃れられない熱い視線――それはルイのストレートな欲情だ。

汐梨は溶けそうな錯覚に陥りながら、ぶるりと身を震わせる。

「あなたの中に、入っていいですか？」

ルイの掠れた声は扇情的だった。

ベッドの上には、破られた避妊具の包みがある。

恥じらうようにこくりと頷く汐梨を見て、ルイは微笑みながら体を起こした。

そして――蜜口から己自身をねじ込んでくる。

「あああぁ！」

戦慄を覚えるほどの質量。中を擦り上げてくるものが凶器に思えた。

はくはく息をしながら、思わずルイの背に回した指先に、力を込めてしまう。

ルイは眉間に皺を寄せ、苦しげな表情をしつつ最後まで剛直を押し込め、わずかに呻く。

それがあまりに色っぽくて、汐梨が思わず見つめてしまうと、ルイは少し赤らめた目尻を下げ、蕩けそうな顔で微笑んだ。

「あまり見ないで。あなたの中、よすぎるから……見られているだけでイキそうだ」

きゅんとしたのは、心なのか体なのか。

しかしそれは確かに明確な変化をもたらしたようで、それがリアルにルイに伝わったらしい。

「う……」

半開きになった彼の口から、悩ましい声が聞こえた。

「挿れただけでこんなにいい。体の相性を理由にあなたを捨てるなんて、ありえない。あなたの体は二番目に終わる欠陥品ではなく、元彼の愛のぞんざいさが問題だっただけだ」

欠陥品だから二番目に終わるのだと思っていた汐梨を見抜き、ルイは汐梨の頬を手で撫でた。

「元彼がハズレだったのだと、あなたが捨ててやりなさい。だから、アバズレな妹にくれてやったのだと。残念なのは、育てた花が満開になったのに、すぐに散ってしまったことだけ」

「……っ」

繋がっているからなのか、ルイの優しさが汐梨に伝わってくる。

「自信と希望を持って。必ずあなたを一番に思うひとがいる」

なにかを訴えるように黒い瞳が揺れている。

「愛(いと)おしいあなたのために、なんでもしてやりたいと思える、一途(いちず)な男が現れる」

信じた男に裏切られたばかりなのに、ルイの言葉を信じたいと思った。

慰めであっても、予言めいたその言葉を頼りに、希望を抱いて生きていけそうな気がする。

切り捨てるのではなく、変われと押しつけるのではなく、今のままの自分を許容してくれる――そんな魔法の言葉が欲しかった。

「ありが、とう……」

汐梨の目から、熱いものが筋となって頬にこぼれ落ちる。

それが涙だと気づくと、汐梨は戸惑った。

「あ、あれ……わたし、泣いてる？」

涙を最後に流したのは、どれくらい前のことだったろう。

ルイは切なげに笑いながら、汐梨の雫(しずく)を唇で拭(ぬぐ)う。

「泣けるんです、あなたは。感情豊かな女性なんです。出会った最低な人間たちのために、自分は不出来なのだと諦めないで。苦しんだ分、あなたは幸せになる出逢いが必ずある」

その断言でさらに汐梨を恍惚とした気分にさせ、ルイはゆっくりと腰を動かした。

「あ、ああ……」

中を擦られると、あまりの気持ちよさに総毛立った。

自分の体の奥底からじわじわと迫り来るなにかがある。

「気持ちいい……。こんなこと、初めて……」

「元彼に抱かれて、気持ちよくなかったんですか?」

少し掠れた声が耳元で囁かれる。

「痛かった。最初は……優しく体を触ってくれたけど、最近はそれもあまりなく。すぐに挿れられて、三回ぐらい腰を動かしたら終わるから……我慢すればいいものだと。ああ……こんなにも大きいものがこんなに動いているのに、痛くならずに……気持ちよくなるなんて……」

「前戯もなしに三回……」

ルイは蕩けた目に、哀れみと蔑みの光をよぎらせ、嘲笑する。

「前戯もないのに、あなたが濡れるはずがない。そんなのはセックスではありません。ただの独りよがりの自慰です」

ルイは辛辣だった。

「馬鹿な早漏男だ。大体、快楽よりも大事なものを見落とすなんて」

ルイの抽送が早いものとなり、汐梨の喘(あえ)ぎ声が止まらなくなる。

セックスで女が感じて喘ぐなど、ＡＶや漫画だけのことだと思っていた。

でも実際は、こんなめくるめく世界があったのだ。

「……そいつ以外に、快感を刻まれたことは？」

「ない、です。ん、んん……元彼が、初めて……」

「違いますよ」

ルイは両手で汐梨の頭を抱くと、至近距離から彼女の瞳を覗(のぞ)き込(こ)んだ。

「俺が、あなたの初めての相手です」

どこか独占欲を見せる強い眼差しを受け、汐梨の胸は高鳴る。

「あなたの記憶を塗り替えます。あなたは……俺にとことん愛され、女になったんです」

「……っ」

「今夜は、俺があなたの恋人。すべてを忘れ、俺を愛してください」

ルイという名前以外になにも知らない。

しかし汐梨の悲しみを希望に変えてくれた彼ならば、仮初(かりそ)めの愛を交わしてみたい。

ひとときでいい。

宗佑との思い出がおままごとだと思えるほど、身も心も幸せになれる本気の愛を感じてみたい。

今宵限りの花を咲かせてみたい。

「ルイさんを愛し……愛されてみたいです」

汐梨のか細い声に、ルイは嬉しそうにふっと笑った。

魅惑的な唇が近づき、至近距離でルイは囁く。

「呼び捨てにしてください、シオリ」

返答をする前に唇を奪われた。

至福感に酔いしれてキスを甘受していると、抽送が激しくなった。

「あ、ああっ」

もっと奥まで繋がりたいとでもいうかのように、剛直が未開の最奥を穿ってくる。

強烈な快感が汐梨を襲い、目の前にチカチカと光が飛ぶ。

「他の男の名前など呼ばせない。……覚えてください。これが俺だ。俺があなたを愛しているということだけを、全身で感じて」

あとからあとから快感の波が押し寄せ、自意識が流されそうだ。

得体が知れないものに、心身を占領されそうな不安を感じても、この男を離したくないと思った。

愛おしい——そう思えたのだ。

「シオリ、愛してる。もっと……乱れて。もっと俺に溺れて」

どこか切実な響きを持つ声に煽られ、汐梨はいまだかつてないくらいの快楽に浸る。

妹との情交をやめなかった宗佑の気持ちがわかった気がして、涙が流れた。

宗佑と妹の間に真実の愛があったかなんてどうでもいい。

あのふたりの裏切りがあったからこそ、ルイとの今がある。

そして、一年かけて育んできたはずの宗佑の愛は、幻(まぼろし)だったとわかったのだ。

仮初めの恋人に感じる、苦しくなるくらいの愛おしさを、宗佑に抱いたことはなかった。

自分から蕾を開かなかったのだ。

……しかし今宵は花開いた。

明日からはもう咲くことがない花なのだから、はしたなく求めてもいいだろうか。

自分は確かにここにいたのだと、彼に刻みつけてもいいだろうか。

唇を重ね、舌を吸い合って絡めながら、さらなる刺激を求めるように汐梨の腰も動く。

「シオリ、シオリ！　ああ、あなたの中、蕩けそうだ。たまらなく気持ちいい」

「ぁあああ……っ、わたし、も……ル、イ……気持ちいい……！」

加速する腰の律動。

皺を深く刻む、淫らに濡れたシーツ。

激しく揺さぶられ、肌から滴り落ちたのはどちらの汗か。

獰猛(どうもう)な欲を煽られて、憂いごとはすべて忘却の彼方(かなた)へと追いやられる。

ルイという名しか知らない男が授ける愛を甘受し、享楽に溺れていく。

やがて快感の波はひとつの大きなうねりとなり、汐梨を呑み込もうとした。

否応なく引きずり込まれそうな恐怖に戦きながら、汐梨は泣いて叫んだ。

「なにか、なにか。クる。ルイ、怖い……」

ルイは汐梨の頭を優しく撫でながら、情欲に掠れた声を響かせる。

「怖くない。それはあなたが俺の愛に応えている証拠。感じすぎているだけだ。そのまま身を委ねて。俺も一緒にイクから。あなたをひとり残さない」

急くようにして強く抱きしめあい、キスをする。

卑猥な水音が強まるのを耳にしながら、やがて汐梨は怒濤のように襲う快感の奔流に耐えきれず、身を強張らせて一気に爆ぜた。

そして同時にルイも呻き、噛みつくようなキスをされながら、汐梨は熱い迸りを体内に感じた。

満たされた心地に微笑むと、ぶるっと震えたルイが頬をすり寄せ尋ねてくる。

「……まだ足りません。もっと、俺に感じてくれますか？」

「喜んで」

情交は果てなく続けられていく。

汐梨の体にルイの痕跡を残したいかのように、彼は執拗に汐梨を求めた。

もしかしてルイはわかっているのかもしれない。

汐梨が花開くのは今だけ。朝になれば、もう二度と会うことはないのだと。

最後に見事な花を咲かせられるように、こうして愛を注いでくれている気がした。
汐梨は喘ぎながら、ルイに何度も心の中で礼を言う。
彼のおかげで希望を胸に、宗佑との愛が幻だったと悟ることができたのだから。
ありがとう、欲しかったものをくれようとした刹那(せつな)の恋人。
あなたにも、素敵な女性が現れますように――。

第一章

横浜港を一望出来るベイエリアには、豪奢な外資系ハイブランドホテルが建ち並んでいる。

その中で、遠目でもわかる近代的な造形美を見せているのが、日本屈指の巨大コンツェルンである宮園グループが経営する、ホテル『カルムYOKOHAMA』だ。

カルムは横浜以外にも国内外にいくつかあり、一流ホテルとして名高い。外国人や貴賓も多く利用するため、質の高いサービスを常時提供できるよう、語学を始めとして、接客や礼儀作法などの社員教育が徹底されていた。その厳しさは業界一と言われている。

新卒で採用された汐梨は、就活でカルムが本命だったわけではない。第一志望だったホテルに最終面接で落とされ、駄目元でエントリーしていたカルムの方が奇跡的に採用となったのだ。

やはり一番目には縁がない就活だったが、神様の贈り物のような千載一遇のチャンスを無駄にしないために、汐梨はカルムの厳しい教育を耐え抜き、フロント業務に携わって六年目になる。

汐梨は昨年、フロントの責任者であるチーフからその仕事ぶりを認められ、より客に親身に対応できるコンシェルジュを目指して、年一度の試験を受けてみないかと打診された。

カルムのコンシェルジュは、フロント業務の上級クラスに位置づけられており、優秀なフロントスタッフの中から選抜される。汐梨にとって、自信に満ちて輝くカルムのコンシェルジュは憧れだった。

コンシェルジュになるには、筆記による適性試験と、模擬の実技試験に合格しないといけない。

同僚と競い合った結果、筆記は一番だったが、模擬では笑顔が乏しいとのことで、合格は見送られた。

狭き門をかい潜って合格した同僚が、新米コンシェルジュとしてにこやかな笑顔を振りまいているのを一瞥(いちべつ)して、汐梨は羨ましさと諦観にため息をつくばかりだ。

いつもそうだ。どんなに頑張っても、最後は選ばれない。

誰かにとって、なにかにとって、必要とされる一番になりたいのに――。

――結婚してください。俺にとって汐梨は、永遠に一番だから。

一ヶ月前に別れた元彼――宗佑は大手企業に勤める商社マンで、当時関西に住んでいた彼が横浜のカルムを利用した際、打ち合わせの資料を紛失。その電話を受けて資料を探し出したのが汐梨で、彼女が急いで届けたおかげで、宗佑は大きな商談を成功させることができた。

間もなく宗佑は東京(とうきょう)本社に栄転となり、改めて汐梨に挨拶をしにきたことを縁に、交際が始まった。

素朴で誠実さが滲(にじ)み出(で)た彼を好ましく思い、彼の好意を受けたのだ。

互いに初めての恋人で、一年をかけてふたり手探りで育て上げた穏やかな愛だった。

しかしその愛も、妹との裏切りによって、虚構になってしまった。

今では笑顔に満ちていたはずの彼との思い出が、夢の出来事だったかのように現実味がない。

ショックも怒りも引(ひ)き摺(ず)らず、現在、清々(すがすが)しいほど前を向いているのは、ルイのおかげだ。

ＢＡＲに行かないため、あれ以来ルイに会っておらず、この先も会うつもりもない。

月下美人はもう咲き終えた。後はいつも通り、慎ましやかな日常に身を任せるだけ。

――俺があなたを愛しているということだけを、全身で感じて。

時々ふと、ルイを思い出す。汐梨の身も心も愛してくれた、優しく妖艶な彼のことを。

彼がまだ眠っている朝、『ありがとう。前を向いて生きます』のメモと金を残し、ホテルを出た。

世話になったのに薄情な終わり方かもしれないが、散った花は潔く退場したかった。

ルイとのことは心から消えることはないだろう。恋人よりも特別な男として、この先もずっと。

親しい同僚がいない職場では、汐梨が結婚するつもりだったことすら知られていない。

汐梨がいつも通りに仕事をする限り、哀れみの目を向けられることもないのは幸いだった。

汐梨の中でふたりの男が消えただけの、いつもと変わらない時間が流れている。

季節はもう九月だ。残暑が続くが、カルムの制服は淡いミントグリーンで涼しげである。

スカートと、ベレー帽と胸のリボンが焦げ茶色だから、チョコミントだと笑っていた同僚がいたけれど、この制服のデザインは可愛くて、汐梨も気に入っている。

（仕事を頑張ろう。再来月にある今年のコンシェルジュ昇進試験に、今度こそ合格したい）

新たなる目標を胸に、汐梨は上品な笑みを見せて宿泊客にルームキーを渡す。

「よきお時間をお過ごしくださいませ」

そして接客を終え、システム端末を操作していると、隣にいる後輩ふたりの声が聞こえてきた。

今日は客がやけに少ないため、目立たぬ程度の小声のお喋りは、不問にすることにしている。

「宮園家当主のご令嬢が見合いをするって話、知ってる？」

汐梨とは反対隣に立つ同僚に声をかけたのは、小柄でボーイッシュな戸川幸恵。

彼女は先月、都内の系列ホテルから異動になってきた。前ホテルの同僚といまだ付き合いがあるらしく、ここでは知り得ない宮園グループについての情報をいつも仕入れてくる。

「令嬢って……才色兼備の閑様？」

応答したのは、渡部由奈。ぽっちゃり体形だが、愛嬌ある顔立ちをしている。

「そうそう、その閑様」

宮園閑という令嬢の話は、汐梨も耳にしたことがある。

正妻の間にできたひとり娘で、大和撫子を体現したかのような品性を持つ美女であり、外国の大学を飛び級で卒業したくらい、ずば抜けた頭脳を持つと聞く。

当初当主は、後継者には男子が望ましいと、妾との間にできた男子を跡継ぎに考えていたようだが、遊び感覚で系列会社を立て直した娘の辣腕ぶりに舌を巻き、今では彼女を次期当主にすることにしたとか。

どんな令嬢なのかと注目されているのに、肝心の本人は姿を現さない。

個人を特定できる写真すら世に出ないのは、宮園家側の徹底した情報規制により、彼女を守っているからとも言われている。

（完全秘匿された令嬢が、見合いをするという情報が流れたのなら、それを機に彼女は表舞台に姿を現すつ

もりなのかもしれないわね）

汐梨はさらに後輩の会話に聞き耳をたてた。

「ハイスペック美女を娶り、宮園グループの力を手に入れられる相手って、どんな男性なの？」

「それはまだわからないけど、由緒ある家柄とか、権力がかなりある名家だと思うわ。閑様側に会おうと思わせるだけの、なにかがあるんだってことだと思う。超イケメンとか」

幸恵の返答に、由奈が嬉々とした声を出した。

「だったら個人的には劔崎家の〝法曹界のプリンス〟がいいなあ。冷血非情と言われていても、男版閑様の如きハイスペックさ。優秀すぎるふたりの遺伝子が混ざった子供が育つのを見てみたい！」

劔崎というのは、エリート法曹一族で、代々直系が宮園グループの顧問弁護士を兼任している。

宮園家と劔崎家は、何代か前の両家当主が友達だった縁で、親密な付き合いが続いていると聞く。

今まで顧問弁護士をしていたのは、大きな弁護士事務所の所長もしている劔崎家当主だったが、数週間前、彼の一人息子が専属としてその任を引き継いだらしい。

息子は二十八歳。最年少で司法試験に合格し、父の事務所にて弁護士として活躍していたという。

父以上の冷徹な辣腕ぶりを発揮し、勝率がほとんどない案件でも、歴史に残るほどの見事な逆転劇で終わらせたとか、その名は早くして法曹界に知れ渡ったようだ。

無敗の王子、法曹界のプリンス……様々な異名があるが、どんな手を使ってでも必ず勝利をもぎ取ること、そしてどんな感情にも心動かされない合理的な考え方から、対峙した弁護士は一同に、彼を冷血漢と表現して怖れるのだとか。

彼は法律以外の分野にも精通し、宮園家当主からも絶大な信頼を寄せられているそうだ。

次期当主の正式なお披露目があるまでは、彼が当主代理として系列会社を抜き打ちで視察し、問題点の改善策を多角的に提案しているらしい。

ただの顧問弁護士以上の力を持つ彼は、横浜のカルムにも総支配人に会いに何度か来ているようだが、汐梨はいつも席を外していたり、接客で忙しかったりと、話題の主を見る機会を逃していた。

「あれだけいい男なら、それだけでメスの本能が疼くわよね」

「わかるわかる。奇跡でも起きて一夜だけでも過ごせたら、彼の子供を欲しいわよね。閑様も彼を見たら、同じ気分になるんじゃないかしら。本能が、愛より彼の遺伝子を求めそう」

メスの本能が刺激されるという法曹界のプリンスとは、一体どんな男なのだろう。

いつか目にしたいものだと、引き続き端末を操作していると、ふたりが引き攣った声を出した。

「噂をすれば……プリンスが！」

汐梨は思わず、動かしていた手を止めて顔をあげた。

慌てて真面目に仕事に就く後輩たちが、視線を向けていたのはエントランスだ。

ドアマンやベルボーイが一斉に頭を下げる中、黒いスーツ姿の男性が威風堂々とした風格でやってくる。

その姿に、汐梨は妙な既視感を感じた。

（……似てる。でもまさか）

男は後輩たちには目もくれず、まっすぐに汐梨の前に立った。

威圧感を漂わせる、漆黒に包まれた美貌の男。

背広の襟には、金色に輝く弁護士の記章。

凍えそうな冷徹な眼差しを向けたその男は――。

「宮園グループ顧問弁護士、剱崎累です。雁谷坂汐梨さん、少しお時間いただけないでしょうか」

ルイ、だった。


ラウンジ喫茶『ラ・ポーズ』――。

従業員の目が届かない一番奥の席にて、汐梨はルイ……累と向かい合っていた。

(まさか彼が、わたしよりひとつ年下の、噂のプリンスだったなんて……)

従業員たちから好奇な視線を注がれている気がして、落ち着かない。

累はBARやホテルで会っていた時とは違う冷ややかな空気を纏っている。

メモと金を残して帰ったことを怒っているのかもしれないと、汐梨は身構えてしまう。

ウェイトレスに珈琲をふたつ注文した累は、身を強張らせている汐梨に声をかけた。

「お久しぶりです、汐梨さん。お元気そうでなにより」

その瞬間、凍てついていた切れ長の目は優しく氷解し、見慣れた少しあどけない笑いが戻る。

（わたしが知る、いつもの彼だわ。よかった……）

馴染んだ表情を見せてもらえて、少しだけ汐梨から緊張が解けた。

そして汐梨は姿勢をすっと正し、深く頭を垂らした。

「その節は大変お世話になりました。おかげさまで元気に過ごさせていただいております」

深謝しているその様子からは、淫靡な一夜のことを示唆しているとわかる者はいないだろう。

累はなにかを言いかけたが、その時、珈琲が運ばれてきた。

「どうぞ」

累に促されて、汐梨は湯気のたつ珈琲を口に含む。

今まで汐梨は、客としてこの喫茶を利用したことはなかったが、いい珈琲豆を使っているだけあって美味だ。苦みも酸味も後を引かず、すっきりとした味わいである。

「元彼や妹はその後、汐梨さんを困らせたりしていませんか？」

「大丈夫です。元彼の方から何度か連絡が入りましたが、スマホを変え、家も引っ越しました。もしも用があるのなら、このホテルに来るなり電話をしてくればいい。それがないのは、完全に終わったからなのでしょう。妹とどうなったのかは知りません。妹とも連絡をとってませんし」

「そうですか。もしお困りの際には、俺に連絡をください。職業柄、お力になれると思いますので」

累は背広の内ポケットから名刺入れを取り出し、弁護士の肩書きが記された名刺を汐梨に渡した。

「ありがとうございます。宮園グループの顧問弁護士さんだったんですね。そうとは知らず、失礼を。……

あの、いつからわたしのことをお知りに？　まさか、最初からご存じだったとか……」

「違います。俺は肩書き抜きに、素の自分であなたに会っていた。あなたの名前や、ここに働いているということを知ったのは、俺が顧問弁護士として総支配人から、写真つきの社員名簿を見せてもらったからです。それから何度かカルムに来ていたのであなたに会えるかと思っていたけれど、あなたをフロントで見かけることはなかった。だから今日こそ、必ずあなたと会おうと決めて、総支配人に先に電話をしていました」

はにかんだように笑う累に、汐梨の心が跳ねる。

確かに今日は客が少ないから、客室を見廻ったり、このラウンジでウェイトレスを手伝ったりしようかと思っていたけれど、フロントチーフにフロントから離れないでくれと頼まれていたのだ。

（それは彼が手回ししていたから……？）

互いのことは詮索できないように、ＢＡＲでは名前しか告げなかった累。

その彼が、自らの意思で昼間の時刻、汐梨を追いかけてきたことに心が熱くなる。

恋など生まれるわけがない。これはきっと、体を重ねたことによる愛着だろう。

そんな時、累がふと笑みを消した。細めた目に厳しい光を宿し、一点を見つめている。

なんだろうと汐梨がその視線を追うと、そこにはこちらをちらちらと見ている客がいた。

スーツ姿の若い男性で、汐梨は小さな声を上げた。

「汐梨さんのお知り合いで？」

「はい。常連のお客様なんです。……お困りなのかしら、なにか言いたげですね。すみません、少しお待ちいただけますか？」

汐梨は従業員として客の元に行くと、微笑んで声をかけた。

「若林様、なにか御用ですか？」

「あ、あの男性は……雁谷坂さんの恋人ですか？」

客は神妙な顔つきで、汐梨に小声で尋ねてくる。

おかしなことを聞く客に、汐梨が否定しようとしたところ、若林は突然真っ青になって震え上がり、汐梨に頭を下げるとそそくさと席を立ち、いなくなってしまった。

「どうしたのかしら……」

首を傾げながら席に戻ると、累は上品な手つきで珈琲を口に含んでいる。

「おや、お早いお戻りで」

どこか冷えた眼差しをしたまま、累は笑った。

「すぐにいなくなってしまわれて。妙な誤解をなされていたようだったので否定したかったのですが」

「妙な誤解？」

「ええ、わたしと劔崎先生が特別の仲なのではと勘違いされたようでした。後できちんと訂正しないと」

「わざわざ言いに行かずとも、そのままでいいですよ。実際、普通の仲ではありませんし」

……笑えない冗談だ。汐梨はどう返していいのかわからず、口籠もる。

「それと、先生呼びはやめてください。俺はあなたより年下ですし、また名前で呼んでいただきたい」

正直、落ち着きぶりを見ていると年下とは信じられない。しかし年下だとわかったところで、なにが変わるわけではない。

「それは無理です」

思わず硬い声が出てしまった。

ここにいるのは、ホテルオーナーの顧問弁護士で、従業員にとっては重役みたいなもの。

ＢＡＲで出会ったルイは、情熱的なあの一夜を終えて消えたのだ。

「今までは情報非公開だったゆえ対等で接させていただきましたが、これからは立場を弁えませんと。年など関係なく、宮園グループを導く法の専門家なんですから。先生には違いありません」

「……そんなに線を引きたいんですか、俺と」

「え？」

「ますます距離が開いてしまったようだ」

そう苦笑する彼は、悲しみや苛立ちを交えた複雑な表情をしている。

思わず汐梨の胸が、締めつけられてしまいそうになった。

「汐梨さん。あなたはまた、恋愛をしたくありませんか？」

その質問はあまりにも唐突で、しかも汐梨の心を突き刺してきた。

彼は一ヶ月前の元彼とのいざこざを知っている。その上でなぜこんな質問をするのだろう。

「剱崎先生。慰めていただいていて恐縮ですが、今わたしがしたいのは恋愛ではなく、仕事に邁進すること。

お客様により喜んでいただける高度なサービスができるコンシェルジュに挑戦したいんです」

汐梨は小さく笑った。

「ただいつかは、いい相手に巡り会い、恋愛ができればいいと思います。今度こそ、相手の一番になれる恋愛を。ですが今はそんな相手もおらず、恋愛脳にもなれないというか。……先生のおかげで、絶望に浸って自棄(やけ)になっているわけではありませんので」

累は真剣な面持ちでそれを聞いていたが、やがて薄く笑った。

「合格です」

「……はい？」

汐梨はきょとんとした。なにが合格だというのだろう。

「実は今日、お願いもあって汐梨さんに会いに来ました。あなたの立場と心情を理解した上で」

「お願い……ですか？」

純粋に会いに来てくれたわけではないと知り、汐梨は密(ひそ)かに消沈し、そしてはっと我に戻る。

（いやだわ。これなら彼の来訪を心待ちにしていたみたいじゃない）

累は一夜で終わったのだと割り切っていたはずだったのに。

汐梨にとってあまりに特別すぎる男性だから、妙な感情が湧き起こるのかもしれない。冷静になろうと心を落ち着かせていると、累はテーブルに両肘をついて自身の両指を絡めさせ、こう告げた。

「ええ。実はあなたに――宮園家の令嬢、閑様として……見合いをしてもらいたいのです」

アンニュイな雰囲気なのに、その目はフロントで再会した時のような冷徹な鋭さがあった。

汐梨は何度か瞬きを繰り返した後、眉間に皺を刻んで考え込む。

（わたし……聞き間違えたのよね。わたしが閑様の代理なんて……）

「すみません。もう一度、伺ってもよろしいですか？　わたし、閑様として見合いをしろと言われているように受け取ってしまって……」

「その通りです。汐梨さんに閑様として、見合いをしていただきたい」

「な、なんですって⁉」

汐梨から悲鳴のような声が迸り、慌てて声を潜めた。

累の顔には冗談めいたものはなく、至って本気らしい。

「実は平塚ホールディングスの社長令息と今週末、見合いがあるのですが、今、閑様は海外にいらっしゃいます。ちょうど今、雨期のシーズンで台風や水害がひどく、プライベートジェットも現地へ飛べない有様でして、だから代わりに見合いを断っていただきたく。それが閑様の意思なのです」

「先方に断るのなら、別にご本人が直接でなくとも……。それに延期なさるという手もあるのでは？」

「普通であればそうでしょう。しかし平塚は、宮園にとって少々厄介な相手でして。見合いの話が持ち込まれた時は良好な関係だったのに、今は宮園が推し進めたい新規事業に反対して微妙な関係です。いたずらに相手を刺激したくないのです。断るにしても大義名分が必要。延期にしても相手の不信感を募らせるだけ」

「しかし閑様がご病気とか、やむを得ない事情にすれば……」

「病気だと言えば連日見舞いだと押しかけてくる。それにどんな理由で延期したにしても、見合いを見送った本当の理由を探ろうと、裏を取ることでしょう。以前ならともかく、今の平塚は、宮園の弱みにつけこもうとしているフシがある。そして実は閑様は、ご当主には海外の視察とは言っておりますが、秘密の恋人と一緒に海外にいるのです。身分違いの恋愛をしておりまして」

（閑様に秘密の恋人……）

「そんなことが露見すれば、平塚は馬鹿にされたと怒り、事業に影響が出てくる。閑様とご当主夫妻との信頼関係にも皹(ひび)が入る。怒ったご当主が閑様をどこかへ強制的に嫁がせてしまうかもしれないし、閑様から次期当主の肩書きを剥奪(はくだつ)すれば、宮園家の未来も不安定になる」

（すごく大ごとになるのね……）

「平塚が事業で対立姿勢を見せた頃から、ご当主にとってこの見合いは懸案事項になっていましたので、破談にしてもいいと思われております。しかし断るにしても見合いをした上で、閑様本人の口から直接お断りする方が角(かど)が立たない。結婚は本人の意志だからと終わらせるのが今回の最善策なのです」

汐梨の頭がずきずきと痛んでいた。

話はわかった。だが根本的な問題がすっぽりと抜け落ちている。

「あ、あの……先生は閑様とお会いになったことが？」

「あります。これでも一応、幼馴染(おさななじみ)なので」

代々父親同士が仲がいいとの噂だから、子供同士も親しいのだろう。

「でしたら！　才色兼備の閑様とわたしが、まるで違うことくらいご存じでしょう？　お見合いということは、閑様のお写真は先方に届けられているんですよね？」

「写真は届けております。彼女をよく知る幼馴染として断言させてください。あなたと彼女は瓜ふたつなんです。双子かと思うほどに。ちなみにこれ、閑様のプライベートショットです」

　累が見せたスマホの画面には、着物姿の若い女性が笑っていた。

（ど、どう見ても……わたし……!?）

「閑様は俺より三つ下の二十五歳。他人の空似とはいえ、そっくりでしょう？」

「え、ええ……」

　愛里よりも汐梨にそっくりだ。不思議なこともあるものだと思った汐梨だったが、これは納得すべき問題ではないと、スマホをポケットに戻した累に訴える。

「たとえ輪郭が酷似していても、閑様は絶世の美女だという噂を聞きました。失礼ながらわたしは平凡顔。幸薄そうな顔とも言われたことがあります。しかも……コンシェルジュの試験にも一発合格もできないへっぽこ。第一志望の中堅ホテルも不合格でした。高校も大学も二流。万年二位の常習犯ですよ!?」

　どこがツボに入ったのか、累は途端に肩を揺すって笑い始めた。

「汐梨さん。カルムは一流ホテルです。志望順位や動機がどうであれ、カルムに選ばれたのだから、あなたはもっと自分に自信をもっていい。なにより汐梨さんは美人です。見ていて腹立たしいほど、狙っている男はたくさんいる。それにあなたが気づかないだけで」

「お世辞は結構です。わたしがモテていたら、とうに誰かの一番になって結婚しています！」

「それはあなたに男を見る目がないだけだ。現にここでフロントをしていても、連絡先を書いたメモくらい渡されるでしょう？」

「それは……。羽目を外されたいとか、社交辞令とかで！　大体わたし、真面目に仕事を……」

「真面目に仕事をしていようが関係なく、あなたはモテている。そしてたまたま選んだ男がゲスだった。あなたさえその気になって男を見定められれば、素敵な出逢いは転がっているということだ」

「仮に出逢いが転がっていたとしても、それが美女の証明にはなりません！　閑様がこんな平凡顔なら、なんで絶世の美女なんていう噂が……」

「ははは。あなたは彼女を貶（けな）したいようだ」

「ち、違います！」

　累は憂い顔で言う。

「俺だってそうですよ？　勝手に法曹界のプリンスだの呼ばれ、尾ひれついて持ち上げられたり、人間離れしていることにされてますが、現実は所詮、こんな程度。噂なんて勝手にひとり歩きをするものです」

「あなたは噂通りのハイスペックな超イケメンじゃないですか！　わたしとは違う正真正銘の……」

「お褒めくださり恐縮ですが、もしそうであれば、なぜあなたは俺に落ちないんです？」

　向けられるその目は、詰（なじ）っているみたいにも見える。

「体の相性、よくなかったですか？」

流し目のような艶然とした目が寄越されると、汐梨の下腹部が呼応して熱くなる。

あの情熱の一夜が明瞭に再生されそうになり、汐梨は真っ赤になってそれを振り払う。

「そ、そんなこと言わせないでください！」

これでは累の言葉を肯定しているようなものである。それに気づかずに身を震わせる汐梨は、わずかに熱を帯びた累の眼差しに気づかなかった。

「だ、大体、わたしは庶民です。お嬢様としての上品な振る舞いなんか……」

「汐梨さんの物腰は、俺から見ても上品だ。カルムの教育は多方面に亘り厳しいから、あなたには自覚はないかもしれないけれど、十分お嬢様として通用する。きっとご当主夫妻も汐梨さんを見たら、閑様の代役になれると安心なさいますよ」

褒められているのだろうか、追い詰められているのだろうか。

「地味ですし！　閑様と同じ顔で、仮に振る舞いをなんとか誤魔化すことができたとしても、滲み出る……所帯臭さというか野暮ったさで、セレブ育ちではないことを見抜かれてしまいます！」

「まあ、確かに。あなたは慎ましやかというか、私服も化粧も質素で地味ですよね。精神的にも物質的にも恵まれていると思える多幸感も感じないし。肉付きがいいわけでもない」

(なにか、すごくショックなんだけれど……)

「しかしそれは、環境トレーニングでもすればなんとかなります」

「環境トレーニング？」

「ええ。あなたが閑様のいる環境のような、〝セレブなお姫様〟を経験すればいいだけだ。いうなれば幸せフェロモンを発するようになれば、閑様のような華やかさをまとえる」

なにかいやな予感がする。

「見合いは今週の土曜日。今日を含めると、あと三日間。あなたの夜の時間を俺にください」

熱を帯びた漆黒の瞳が揺れていた。

「わ、わたし！　傷心から立ち直りましたから、そういうことはもう……」

「ああ、そっちは……追々ということで」

「は⁉　追々ってなんですか⁉」

「内緒です」

累はやけに色気たっぷりな顔で笑い、人差し指を唇の前に立てた。

その指、その唇……。それで体を隅々まで愛撫されていたことを思い出すと、顔が熱くなる前に子宮が疼く。彼が与えてくれたあの快楽を欲しがっているかのように。

（落ち着きなさい。なに発情しているの。あれは終わったことでしょう？）

そんな汐梨の動揺を知ってか知らずか、累はこう告げた。

「俺が、あなたのトレーニングの相手を務めさせていただきます。あなたを一番のお嬢様にしますので」

——自信を持って。必ずあなたを一番目に思うひとがいる。

違う。これは恋愛の意味での一番ではない。

閑の幼馴染として、そして宮園家お抱えのやり手顧問弁護士としての最良策というだけだ。

（わかっているのに、いや、わかっているからこそ、胸が切ない……）

累は、惑う汐梨に懇願する。

「閑様が戻られない以上、代理ができるのは、あなたしかいない。協力、していただけませんか？」

汐梨は静かに目を伏せてから、その要請を拒んだ。

「わたしでは分不相応すぎる役柄で、失敗をして逆に皆様にご迷惑をおかけしてしまいます。申し訳ありませんが、このお話は聞かなかったことに……」

すると累が汐梨の手をとり、切実な眼差しを向けてくる。

「……俺、あなたを助けたのに、あなたは俺を助けてくれないんですか？」

累は痛いところを突いてくる。

「あなたが満足すれば、俺はお払い箱ですか。ＢＡＲにも来ないのは、その意思表明なのでは？」

（ううう……。そんな咎める目でわたしを見ないで……）

そして累はゆっくりと頭を下げた。

「顧問弁護士としてお願いしたいんです。あなただけしか頼めない」

閑の身代わりになれといいながら、汐梨の身代わりはいないと言う。

そんなことを言い出すのは、傷心な自分を癒やし、救ってくれた男性。

――シオリさんは、感情をもった人間なんです。

その彼が頭を下げてまで頼むものを、無視なんてできるはずがない。

(見合いを成功させるのならさらにハードル高いけれど、怪しまれない程度に素のわたしが見えていたら、先方も興味をなくすかもしれない。最終的に見合いを潰したいみたいだし、なんと乗り切れるかも)

「先生、顔をあげてください。……わかりました。最善を尽くしますので」

こうして汐梨は了承したのだ。

偽お嬢様として、破談へ導く役目を。

「とんだことになってしまったわ」

汐梨は従業員用の化粧室で化粧を直した後、鏡の中で不安げにしている自分に向けて、ため息をついた。

「この顔のお嬢様が、なんで絶世の美女だなんていう噂がついたのかしら。肩書きがあれば、輝いて見えるように思えるものなのかな……いつも二番手で終わるわたしでも」

今週は夜勤が一度入っていたが、累は総支配人に交渉して定時上がりにさせた。

冷酷と名高い法曹界のプリンスが汐梨を連れて喫茶をした結果、累はご機嫌に、汐梨は疲れ果てた顔で戻ってきたことに、同僚たちはなにがおきたのかと興味津々だった。

とりわけ噂好きの後輩たちの目がきらきらしているが、言えるわけがない。

自分が、あの閑様の代役になるのだと。

だから、数日間、仕事終わりにある業務命令を受けたのだと誤魔化すしかできなかった。

——仕事が終わったら、名刺の裏に書いた電話番号に連絡をください。

渡された名刺の裏側に、手書きでプライベートナンバーが記されていることを知った。

累は客ではなく重役のようなものだし、社則に反していないと自分に言い聞かせ、スマホから電話をかけてみると、二度目のコールで電話が繋がる。

「雁谷坂と申しますが、劔崎先生のお電話ですか？」

すると数秒の間があり、返答がある。

『はい、累です。ご連絡ありがとうございます、汐梨さん。お仕事、お疲れ様でした』

わざわざ言い直すあたり、累は今まで通り、下の名前で呼び合いたいらしい。

最早彼は、汐梨にとって気軽に付き合える酒飲み友達ではない。

なにも知らなかった昔とは違い、汐梨は累の素性もその体もよく知っているのだ。

（すべてをリセットしたはずなのに、連絡を取り合っているのは複雑だわ……）

累は今出先の仕事を終えたばかりのようで、これから迎えに来るという。

指定された大通沿いに立っていると、運転手つきの黒塗りの車が停まった。

運転手が降りてきて、慇懃な態度で後部座席のドアを開く。奥には微笑む累が足を組んで座っている。

「汐梨さん、乗ってください」

汐梨は今まで貴賓の接待をすることがあっても、丁重に扱われたことはなく、ぎこちない動きをして累の隣に座った。

肌を重ねたはずなのに、わずかに開いた距離がなにか緊張を高める。

「汐梨さん。いつだって堂々としていてください。卑屈になることはなにもないのだから」

ふっと笑う累は、こうしたＶＩＰ扱いに慣れきっているようで、余裕を滲ませている。

「は、はい……」

「そういえば汐梨さんの趣味は、サボテンや多肉植物を育てることだと、ＢＡＲでお聞きしましたが。確か月下美人も多肉植物でしたっけ」

「ええ……」

きっかけは些細なこと。宗佑に会う前、寂しい部屋を彩ろうと、花か観葉植物を飾ろうと花屋を見ていたら、〝話しかければ喜んで花を咲かせます〟とシールが貼られたサボテンの小鉢を見つけた。

触れたら痛そうな棘はあるが、丸みあるフォルムが可愛らしいサボテンだった。

どう見ても花が咲くようには思えなかったが、物は試しと毎日話しかけていたところ、ピンク色の小花をたくさんつけたのだ。それ以来、手乗りサイズのサボテンや、ぷっくりとした肉厚な葉が微笑ましい多肉植物に興味を持つようになり、買って育てては癒やされている。

それをカルムの宴会で同僚に話したところ、名をつけて植物に話しかけているなど痛々しいと引かれた。

宗佑には苦笑され、サボテンに話しかけるくらいならば電話が欲しいといわれ、理解者はいなかった。

だから密やかな趣味にしていたはずだったのに、酒の勢いで累に語ってしまった。

植物は生きている。ちゃんとこちらの声に応えて花開いてくれるのは感動なのだと、熱く。

累は馬鹿にせずに話に乗ってくれたけれど、これからの見合いの席では隠し通せと言いたいのだろうか。

令嬢らしからぬ恥ずかしい趣味だからと。

汐梨がもやもやとしていると、累は背広の内ポケットからチケットを二枚取り出し、笑って言った。

「馬車道にあるイベントホールで、サボテン展が開催されているのを知りまして。そういえば汐梨さんがお好きだと思い出し、チケットを購入してみたんです。苗や鉢も販売もしているそうですし、よければこれから行きませんか。俺にもいろいろと教えてください」

途端に汐梨の顔がぱっと輝いた。

「そ、そんな素敵なイベントが！　それは大歓迎ですが、そんな庶民じみた恥ずかしい趣味は控えろと言われるとばかり……」

すると累はきょとんとした顔をした。

「恥ずかしい趣味？　どこがですか？　俺も買って帰ろうと思ったんですけど……。あなたみたいに名前をつけて語りかけ、花を咲かせて……ほっこりとしてみたいなと」

「先生がですか？」

思わず汐梨は、訝しげに聞き返してしまった。

「はい。独り寝が寂しいのもありますし。一ヶ月前、あまりに刺激的な夜を過ごし、目覚めたら夢のように相手が消えてしまい、ショックで……。癒やしが欲しいんです」

嫌味なのか冗談なのか、それとも本気なのか……真顔を向けられたまま汐梨の頬に指が触れた。

「本当は、本人がいいんですが……」

汐梨を見る眼差しは次第に艶めき始める。

ぞくぞくするくらいの色香を放っていた――あの夜の彼が蘇り、呼吸が苦しくなる。

――今夜は、俺があなたの恋人。すべてを忘れ、俺を愛してください。

ゆっくりと累の顔が近づいてくる。

――俺があなたを愛しているということだけを、全身で感じて。

あの夜が続いているかのように、酔いにも似た恍惚感が汐梨の思考を微睡ませた。

それを強制終了させたのは、運転手のくしゃみだ。

眼鏡をかけ、累以上に気難しそうな雰囲気の寡黙な男だったが、くしゃみは豪快だった。

理性が一気に戻ると、汐梨は慌てた。

「ル、累さん、ス、ストップ！」

ようやく声を絞り出して、彼の肩を押して拒むと――。

「くくく……ははは。真っ赤になって、ようやく名前を呼んでくれた。これはこれでそそられますが」

「そそられません！　か、揶揄ったんですね⁉」

「揶揄ってなどいません、大真面目です」

しかしその顔は笑っている。

「プライベートタイムでも、俺を名で呼ばない時は、止めずに実力行使をしますので。お忘れなく」

「べ、弁護士が脅すなんて……！」

「弁護士の前に、ひとりの男ですから」

そう告げた累の眼差しは、どこか切実で、汐梨の胸を締めつけようとしてくる。

しかしその表情をすぐに笑みにすり替え、累は言った。

「ま、あなたが実力行使をされたいというのなら、喜んで……」

「わかりました！　それでは、仕事外では……累さんと呼ばせていただきますので！」

「どうせなら、呼び捨てに……」

「累さん、にて！」

汐梨が思わず語気を荒げると、累は肩を揺すって笑う。

（く……。累さんって優しいだけではなく、意地悪な人だわ……）

汐梨は少しだけ窓を開けると、頬の熱を冷ました。


展示会場は広く、思った以上に人がいた。

名札のついたサボテンの鉢が等間隔に並べられ、圧巻な風景である。

「うわー、こんなにサボテンちゃんが！」

大人びた汐梨の顔が、無邪気な子供のような笑みを作る。

「ああ、この水玉模様みたいなのが兜丸（かぶとまる）。ふわふわな雪が積もったようなのは千鳥（ちどり）丸、この白いまんまるがぽこぽこついているのが、姫春星（ひめはるぼし）。こっちは緋牡丹錦（ひぼたんにしき）！」

思わずはしゃぎながら会場を眺める。

「累さん、累さん。棘のないサボテンの鸞鳳玉（らんぽうぎょく）があります」

興奮しながら累に指し示すと、反対の手で累の腕を掴んでいたことに気づき、慌てて手を離した。

「あの……年甲斐（としがい）もなく騒いでしまい、すみません」

「なぜ謝るんです？　楽しんでもらえたのなら、チケットを買った俺も嬉しい。俺もサボテンがこんなに種類があるなんて初めて知り、楽しいです。どんなものを持ち帰ろうかと迷いますね」

累は汐梨に引くどころか、汐梨が好きなものに興味を持とうとしていた。

元恋人ですら、一年かけても見向きもしなかったというのに。

累の前ではなにも隠す必要はない。そのままの自分でいい。

（ああ、ドキドキするけど、すごく安心する。累さんと一緒にいるのは）

累と波長が合うのかもしれない。体の関係を持つ以前から、ＢＡＲで会話をしていてもとても楽しかったのだ。次回に会えるのを楽しみに思えるぐらいに。だからこそあの夜は、快楽に浸れたのかもしれない。

見た目は冷たそうに見え、実際弁護士としても畏怖されているのに、汐梨といる彼はまったくそんな様子はない。ハイスペックなのに偉ぶらず、わからないことは尋ねてくる謙虚さがありながら、見合いを引き受けさせたり、名前を呼ばせたりと、強引で意地悪なところもある。

（冷酷だとは思えないけれどな……）

そう思いつつ、累にサボテン知識を披露して歩けば、あっという間に広い会場を見終えてしまった。

人の流れに沿って販売スペースに行くと、花の蕾を持った可愛いサボテンたちが出迎える。

汐梨は喜びに顔を緩ませながら、持ち帰るサボテンを選ぶが、迷いに迷う。

全部が愛らしいものに見えて、「買って、買って」とねだられている気になるのだ。

それを累に告げてため息をつくと、累はくすりと笑って汐梨に言った。

「ねぇ、汐梨さん。なんでもいいのなら、俺っぽいサボテンを選んでいただけますか。俺は汐梨さんっぽいサボテン選びますから」

選んだものを交換しあうつもりなのだろう。累の提案が面白そうで、累を想起させるサボテンを探す。

すると色も棘も黒みがかった、鬼雲丸（きうんまる）と呼ばれる男らしいサボテンが目を引いた。

黄色い蕾（つぼみ）も見えるから、花がすぐ咲くかもしれない。

それを手にした汐梨が累を見ると、彼もひとつの鉢を手にしていた。

累が選んだのは、耳がついたウサギの顔のようなバニーカクタスとも呼ばれる白桃扇（はくとうせん）。ふわふわの白い棘が可愛らしさを強調させている。これも、黄色い花の蕾がついている。

累は汐梨の見立てを喜び、ふたつとも会計をした。汐梨が支払おうとするとプレゼントだという。

「その代わりといってはなんですが、こいつを可愛がってください」

累から渡されたのは、鬼雲丸の方だった。

「その……俺だと思って、家でも語りかけてくれたら嬉しいです」

累は照れたように笑う。

その笑みに、汐梨の心が鷲掴まれたかのように苦しくなる。

「俺も……シオリンに話しかけますので」

「シ、シオリン⁉」

汐梨の声がひっくり返った。

「ええ。見るからにそんな名前がぴったりだと思ったんですが、駄目ですかね？」

「いや、駄目ではないですけれども、もっといい名前が……」

「んー。どうしても思い浮かぶのは、シオリンですね。お前は、シオリン決定だ」

累は無邪気に、袋の中のサボテンに声をかけている。

……彼は毎日、シオリンと呼びかけるのだろうか。あの夜のように、熱っぽい声で。

想像したら、汐梨の体が蕩けそうになってくる。

（いいなあ……シオリン。ずっと累さんと一緒にいられて……）

羨望の眼差しでそれを見ていた汐梨だったが、はっと正気に戻ると慌てた。

（な、なんでわたし、そんなこと……）

「汐梨さんは、そいつになんと名付けてくれるんですか？」

動揺している最中に、不意打ちを食らう。

ここがサボテン会場だということを忘れるくらい、累は色香たっぷりに笑った。

その眼差しには、あの一夜の時のような独占欲が滲んでいる。

「俺のこと、どう呼んで愛してくれるんですか？」

——他の男の名前など呼ばせない。

過去と現実がダブルで汐梨を襲い、思わず汐梨は後退(あとずさ)っておかしな悲鳴を上げる。

「ひ、ひいいい！」

「ヒー？　それは誰を……なにをイメージしているんですか？　俺ではないですよね」

今度は凄(すご)んでくる累の温度が下がり、違った意味で悲鳴が出てくる。

「ル、ルーちゃんと名付けます！」

思わず叫んでしまうと、累は反芻(はんすう)して満足げに笑った。

「ではルーを、可愛がってくださいね」

それは嬉しそうに。


サボテン談義をしながら、寿司屋(すしや)に入り、大将お勧めの寿司を握ってもらう。

いつも回転しているか、セットものしか食べたことがなかった汐梨は、なにが出てくるかわからない楽しみを味わいつつ、活きがよく蕩けそうなネタと絶妙なシャリのコラボに舌鼓を打った。

大将に勧められた冷酒がまた美味で、汐梨からは当初の緊張は既になくなり、ＢＡＲで語らう素の汐梨を見せていた。

それでもふと頭によぎるのは、一夜のこと。

あんなに愛おしく肌を重ねた相手が、服を着てわずかな距離を作っているのが寂しい。

未練なく感謝をして別れたはずなのに、彼に触れて独占したい執着めいた気持ちが強まる。

自分でも不相応な夢を見すぎて、この気持ちが重いことは自覚している。

だったらせめてこうしてそばにいる時くらい、楽しい気分でいたい――。

……楽しい時間は瞬く間にすぎ、車は汐梨のマンション前に着いた。

「ではまた、明日」

あの夜はもう二度とない。

そのことを悲しく思いながらも、汐梨はそれを悟られまいと笑顔で答えた。

「はい、明日！　あ、そうだ、運転手さん。ずいぶんとお風邪がひどいようなのでお大事に」

帰り道もくしゃみや咳が酷かったから心配したのに、返答があったのは累からだった。

「俺が気をつけさせますので。ではおやすみ」

「おやすみなさい！　今日もありがとうございました」

笑顔で累と別れて１ＤＫの自宅に入ると、汐梨は首を捻った。

「あれ？　閑様の身代わりのトレーニングをするために累さんと会ったはずなのに、わたしは今日、累さんとなにをしていたんだろう」

汐梨の手にあるのは、サボテンのルーと、お土産用の寿司折だ。

途中から、楽しもうと思って楽しんだのは事実だが、なにひとつ本来の目的が達成されていない。

これではただ、累との交流を深めただけだ。

「明日は公私混同しないようにしないと。閑様情報を聞いて、それらしく振る舞えるように、累さんに見てもらわなきゃ……。このままだったらぶっつけ本番になって危険すぎる。ねぇ、ルーちゃん」


汐梨がサボテンに語りかけている間、累を乗せた車は東京を走っていた。

「ぶはははは。見事にサボテンの話ばかりの帰り道だったな、あの女。法曹界のプリンスを目の前にして、おサボテン様の方に夢中だとは」

そう不躾（ぶしつけ）に笑うのは、眼鏡を外した運転手だ。

髪を崩したその姿はそれまでの堅苦しさなどは微塵（みじん）もない。甘い顔立ちのイケメンである。

年は累より三歳上の三十一歳。名を小早川律（こばやかわりつ）という。

「まさかお前までサボテンを買ってくるとはな。累くん、お友達いないんでちゅか〜？」

軽口を叩（たた）くと、累は長い足で運転席をげしっと蹴り飛ばす。

「お前はいちいちうるさいんだよ、律。わざとらしいくしゃみや咳で、邪魔をして」

「俺なりに話を変えてやろうとしてたんじゃないか。サボテンより画期的な話になるように。大体お前、閑ちゃまの話を一切してなかったじゃないか」

「予想通り彼女が緊張して線を引いていたから、今日は信頼関係を築いて距離を縮めるのが目的だったんだ。段階踏まないと、見合いにまで進まん。閑に関するものは明日からだ、明日から！」

「さてさて。庶民がご令嬢に化ける、シンデレラ計画はうまくいきますことやら」

車は信号で停まっている。累は再び、げしっと運転席を蹴った。

「誰のせいでこんな目にあったと思うんだよ。お前が閑におかしなことを吹き込まなければ……」

「閑ちゃまが聞いてきたら答えねばならんでしょう。なにせ俺は宮園家の下男で、閑ちゃまの元お世話係。俺の主（あるじ）でもあるしさぁ」

「それは閑が幼い頃の話だろう。律を引き抜いて秘書に引き立てたのは、閑ではなく俺。主は俺だ」

「累も閑ちゃまも俺の幼馴染なんで、上下関係がよくわかりませーん」

累をいらっとさせる笑い声が響いた直後、累のスマホが鳴った。

チャットアプリのメッセージである。

『ルーちゃん。私もシオリンを見てみたい』

送ってきたのは――。

「――律、なんでもかんでも、閑に情報を横流しするな！」

第二章

翌日、汐梨が五階に宿泊する客に頼まれ、バスタオルを運んだ帰り、ふとフロアの汚れが気になった。

雑巾で擦ってみると、ガムのような粘着物がついている。

カーペットの繊維に絡みついているようで、うまくとれずに苦戦していると、人影ができた。

「汐梨さんや。どけぃ」

それは先月からパートで勤めている客室清掃員で、七十歳という従業員最高齢の米沢梅だった。

年々背が丸くなって身長が縮むらしいが、どんな姿勢でも歩きは早く、動きは機敏である。

梅は、戦闘武器のようにヘラと洗剤を手にしており、痕跡すら残さず瞬く間に清掃する。

「さすがは梅さんです。助かりました。いつも綺麗にしていただき、ありがとうございます」

頭を下げて礼を言うと、梅は満更でもない顔で、カッカッカッと笑った。

まるで国民的時代劇に出てくる、どこぞのご隠居のようである。

梅は正社員よりも存在感があり、相手が総支配人であろうとも、言うことは手厳しく頑固だから、うるさいばあさんだと皆からは敬遠されている。

だが、彼女がどんなに口うるさくとも、間違ったことは言っていない。仕事ぶりは優秀で、怠けるどころかいつもてきぱきと作業して、どんな汚い場所でもピカピカに磨き上げる。汐梨を始めスタッフが困っている時は正義のヒーローの如く現れ、おばあちゃんの知恵袋的なアドバイスもくれる。

汐梨がたちの悪い客に絡まれていた時も、機転を利かせて何度も助けてくれる勇ましさもある。

カルムの守護神だと思うからこそ、汐梨は梅がクビの危機に陥った時には、総支配人に直談判をした。カルムの裏方として、いなくてはならない存在だから、雇用を延長してカルムを支えてもらいたいと。

こっそりと動いていたつもりだったが、梅はそれを知ってしまったらしく、彼女なりの感謝の表現として、汐梨を娘のように……孫のように、特に気に掛けてくれるようになった。

「……ぬ？　お前さん、目にクマができておるが、なにか心配ごとか？」

「い、いえいえ。大丈夫です、わたしは元気です」

「そうか。なにか困ったことがあれば言うがよい。無理ない程度に精進しろよ」

「お気遣い、いつも感謝しております」

「かしこまらずともよい。ほら、かりかり梅だ。これを食べて今日も頑張れ」

「ありがとうございます！」

梅は豪快な笑いを見せると、両手を後ろで組んでスタスタと歩いていなくなった。毎度ながら早い。

「いつも思うけれど、梅さんって男前よね。できないことはないし、物知りだし、頼り甲斐あるし。スーパーオールドウーマンだわ……。わたしもあんな風に年をとりたい……けど、無理そう」

そしてため息をつく。

「今日は皆からもクマを指摘されるし、そんなにひどいのかしら。隠せていると思っていたのに」

言えるわけがない。布団に入ったものの、累の顔がちらついて眠れず、さらには情事の記憶まで蘇り、火照った身体をもてあましたため、リビングの出窓に置いた新入りサボテンに語りかけて朝を迎えたなどと。

夕方になると眠気が襲ってきたが、根性で仕事をやり過ごし、午後六時になる。

「それでは、お疲れ様でした」

いつもは遅めにあがる汐梨が、連日定時で帰ることに、同僚は訝しげな顔を向けている。

それに気づかぬふりをして、待ち合わせの場所へと走った。

黒塗りの車がもう停まっており、中には昨日の運転手と累が乗っている。

後部座席に乗り込むと、車が動き出した。

「今日は激務だったんですか？　クマができていますが……」

コンシーラーを強めに塗ったはずなのに、すぐに見破られてしまった。

「え、ええ……まあ。でも大丈夫ですので」

下手に誤魔化しても真実を見抜いてきそうだから、累の誤解に乗じることにした。

「ルーは元気ですか？」

「は、はい！　朝になっても萎(しな)びることなく、夜通しでも元気一杯、ピンピンでした」

その答えがなにか不味(まず)かったのか、妙な沈黙が流れる。

「あの？」

「もうひとりの俺だと思ったら、なんかこう……」

複雑そうな顔で累が答えると、ぶふっとおかしな音が聞こえてきた。

すると累が組んでいる長い足で運転席を蹴った……ように見えた。

「おっと、失礼しました、運転手さん。安全運転でお願いします」

すると、やけに震えた声で「承知しました」と返ってくる。

（そんなに震え上がるほど、累さんが怖いのかしら……）

そして汐梨ははっとして、バッグの中からメモ帳とボールペンを取り出した。

「あの……累さん。閑様の情報を教えていただけませんでしょうか。性格とか……。できるだけ近づけたいと思うので」

あまりに、本人とかけ離れた振る舞いはできない。

「汐梨さんの性格の方がよほどご令嬢なので、閑様の情報は知らない方がいい気が……」

「そんなお世辞を仰（おっしゃ）らずとも。もしなんらかの拍子に、齟齬（そご）が出てしまったら、後々ご迷惑をおかけするので、知識だけでも頭に入れさせていただけたらと」

数秒考えてから頷いた累は、腕組みをして言う。

「性格は、まあ、奥ゆかしい……とは言えませんね」

「……え？」

（言えない？　否定しちゃうの？）

「とにかく好奇心旺盛で……アグレッシブ。底抜けの楽天家なのは、ＩＱ百八十超の頭脳が不可能なことを可能にしているせいにしても、天才ゆえに達観しすぎて厭世的。ラスボスみたいなご令嬢です」

「……あの、閑様のことですよね？」

「ええ、そうです」

（どうしよう。ラスボス令嬢なんて、まったくイメージ掴めないんだけれど……）

「だったら、ご趣味とかは……」

「時代劇を見ることですかね……。側近の影響で、特に昔の世直し系が大好きなようです。それもあり、物事に対して好戦的で、目には目を歯には歯を……の傾向が強いですね。某番組のリアルご隠居です」

（ご令嬢が時代劇好きで好戦的でご隠居……。まあ、人それぞれの嗜好というものはあるけど、意外すぎる）

　汐梨はメモに記しながら、万が一のために時代劇を見ておいた方がいいかもしれないと思った。

（家に帰ったら、動画配信サービスでも申し込んで……はぁ、今日もまた徹夜か）

　そんな汐梨の嘆きに気づかずして、累が尚も続ける。

「あとは人のプライバシーを侵害して勝手に情報を集めて介入してくることも、もはや趣味みたいなものですね。どんなセキュリティも突破できる頭脳の持ち主だから、余計たちが悪い。とにかく自分さえ面白ければなんでもいいという方なので、今までその尻拭いにどれだけの人間が苦労してきたことか」

　ずいぶんと貶しているように思えるが、累は楽しそうに語っていた。

それがわずかに引っかかりながらも、令嬢のインパクトの方が大きく、汐梨は言った。

「は、はあ……。お転婆ということですか」

「お転婆というより、じゃじゃ馬ですね。なまじ頭がいいだけに、下手に御そうとすれば奴隷にされるから、女王様とも言える」

「ど、奴隷……」

相手を従わせるということの誇張表現なのだろうか。

「はい。実際、制御に失敗した俺の幼馴染が、俺を裏切り、閑様へ情報を流す奴隷になっていますし」

その途端、ぶーーーっと噴き出したのは、運転手。

「駄目だ、耐えきれねぇ。笑わせるなよ、累……！」

「危ない、律、ハンドルを切れ！　ぶつかる！」

車が事故の一歩手前でぐぅんと右折し、なんとか事なきを得た。

まだバクバクする心臓を鎮めていると、ミラー越し運転手が言う。

「俺の主がまったく紹介してくれないんで、名無し顔なし運転手Aのまま今日もいくところでした。俺は小早川律。この剱崎若先生と閑お嬢ちゃまの幼馴染もしている哀れな奴隷ですわ。以後、お見知りおきを」

「雁谷坂汐梨です。どうぞよろしくお願いします」

寡黙そうな外見とは裏腹に、ずいぶんと饒舌で砕けた物言いをする男だ。

「ちなみに、女臭い苗字は大嫌いなんで、下の名前で呼んでください。律でもりっちゃんでも」

「……ちょっと待て。なにを勝手に……」

累が律に噛みつくと、汐梨は心得たとばかりに頷いて言った。

「では律さん……」

そう口にした瞬間、累が怒ったようにして汐梨に言った。

「汐梨さん。俺のことは累と呼び捨てにしてください。なんで知り合って一日のこのチャラい男と、俺が同じ呼び方なんですか。そこはきっちりと線引きを」

しかし累を呼び捨てにはできない汐梨は、消去法で残った呼び方にする。

「では……りっちゃんさんで」

「そっちの方が親しそうに思えるんですが！」

結局どちらも反対されてしまう。

「でしたら、累さんをルーちゃんさんにして、りっちゃんさんを律さんとか……」

すると累は、深く思案した上で落ち着いた声で結論する。

「……いえ。だったら、律のことはりっちゃんさんでもいいです。年上は間違いないし」

……そんなやりとりの間中、律は声を震わせて笑っている。

かなり笑い上戸の男らしいが、そのために車は再び危ない走りを見せたため、何度もクラクションを鳴らされる羽目になった。

傍迷惑な車は、遊園地があるみなとみらいに入り、複合商業施設の駐車場に到着した。

律は一緒に行きたいと駄々を捏ねたが許されず、車待機となる。

スタイリッシュな店が並ぶこの施設は、ＯＬ世代の華やかなデートスポットとして有名だが、宗佑とは気後れして訪れたことはなかった。宗佑も汐梨同様インドアタイプで、世間の流行には疎く、デートのほとんどはまったりと家で過ごすことが多かったのだ。

テレビや雑誌でしか知らなかったお洒落な世界は、汐梨にはどれも物珍しいもので、汐梨は興奮気味にきょろきょろとあたりを見渡してしまう。

そんな初々しい反応を見せる汐梨を見てくすりと笑い、累が問いかける。

「来られないのですか、ホテルから近くにあるのに」

「一緒に行ってくれる相手もいませんし、ひとりでは敷居が高くて……」

「だったらこれからは、俺と来ましょう。ご連絡くだされば、いつでも」

さらりとそんなことを口にする。

（この社交辞令を真に受けて、本当に連絡してしまったらどうするんだろう）

汐梨は曖昧に笑うに留めた。

累は施設内をスタスタと歩き、案内する。

「……累さんは、慣れていらっしゃるようですね」

彼は誰とここに来たのだろう。まさか律と遊びに来たわけでもあるまい。

（累さんが誘えば、喜んでついてくる女性はたくさんいそう。でもなんとなく……）

「ここへは、閑様と遊びに来られたんですか？」

なぜかそんな言葉がするりと口から出た。

同時に、閑のことを楽しそうに語る彼が思い出され、胸がちくりと痛む。

しかし累はすぐに否定する。

「いいえ、ここへはひとりで。顧問弁護士として、仕事をしにきただけです。この商業施設のスポンサーは宮園ですので」

仕事と聞いてほっとしている間に、累はひとつの店に汐梨を連れた。

それは汐梨でも知っている、高級ブランドのブティックだ。

「……これはこれは劔崎先生」

店長と思われるにこやかな女性が累を出迎え、そして連れの汐梨にも挨拶をする。

「お久しぶりです、店長。彼女に服と靴を揃えたい。お勧めを見せてもらえるだろうか」

「はい、ただいま探してまいりますので、店内をご覧くださいませ」

店長が商品を選び始めたのを見て、汐梨は萎縮して累に言う。

「あの、わたし……洋服も靴も必要ないですが……」

しかもここは高価なブランド店だ。ここぞとばかり値段が張るものばかり持ってこられては、断れずに買い取らないといけなくなる。

（お給料前にそれは厳しい……）

そんな汐梨の懐事情を見抜いたのか、累は笑った。

「俺があなたにプレゼントしたいだけなので、会計はご心配なさらず」

「プ、プレゼント⁉　ルーちゃんとは違うんですから、そういうものは……」

「でしたら、見合い用の戦闘服を選んでいることにして、当日着てきてください。この買い物は必要経費として処理しますので、ご安心を。閑様なら普通に着ているレベルの洋服だと思っていただければ」

個人的なものではなく、見合いに必要なものだと言われてしまえば、なにも言い返すことができない。

（こ、こんなゴージャスな……わたしが買っている服と桁違いなものが、閑様の普通レベル……）

無理だ。真性のお嬢様なら着こなすことができても、自分では服に着られたピエロになるだけだ。

ド素人に、日本代表でパリコレのランウェイを歩いてこいと言われているようなもの。

「あ、あの累さん。同じ顔でもこう……滲み出るお嬢様感というものがあると思うんですよ。いきなりこんな特級クラスの洋服、わたしに着こなせる自信は……」

累はふっと笑う。

「大丈夫です。閑様とあなたをよく知る俺が選んだ店です。恥はかかせませんから。それに、これらを着こなせるだけの幸せフェロモンは、これから作る予定ですしね」

累は頑として譲らない。

「お待たせしました」

そんな時、店長が洋服を何着か手にして戻ってきた。

レッドカーペットを歩く、ハリウッドスターの如き露出度高いドレスかと思いきや、出されたのは清楚系の上品なデザインのものばかり。

「これがいい」

その中で累が選んだのは、モーブピンクカラーのシフォンワンピースだった。

確かに素敵だ。汐梨も素直にそう思えるが、それが自分に似合うかとなれば微妙だ。

――お姉ちゃんのような幸薄い系の顔は、こういう可愛いのはまったく似合わないから。服が浮くの。

不意に妹の声が再生された。アパレルショップの店長を務めるほど、おしゃれや審美眼に長けた妹にそう言われてから、無難にモノトーンや清潔感溢れるシンプルなデザインものを好んできた。

それを説明したが、累は不敵に笑って言う。

「妹さんと俺の目、どちらを信用しますか？」

それはずるい聞き方だ。

「それともこう言いますか。このワンピースは閑様によく似合う。あなたの妹さんは、これを着た閑様に同じ事を言いますかね？　幸薄い系の顔は似合わないと」

「それは……」

「妹さんはあなたの顔がどうであっても、あなたに似合う服を着せたくないだけだ。自分が引き立て役になってしまうから。それを隠して、逆に事実を教えてあげるという恩着せがましい態度で妨害するのは、小賢しいですけどね」

嫌悪に顔を歪めた累を見ながら、男からちやほやされる妹の愛里を思い出す。

確かに愛里はいつも、汐梨の劣等感を煽ってマウンティングをとってきた。

――濡れもしない不感症のお姉ちゃんが、宗佑を満足させてあげないから悪いのよ。

汐梨の婚約者を寝取った現場を見られた時でさえ、悪いのは汐梨なのだと言い放って。

「だからひとまず、客観性がない妹さんの意見は忘れて俺の言葉を信じ、試着してみてください」

「わ、わかりました……」

思わずそう返事をしたものの、渡された服を見て、不安になってくる。

「もっと自分に自信を持って。あなたは脇役ではなく、主役です」

主役――それは汐梨が欲しい一番目の称号でもある。

なにより信頼を寄せる累の口から出されたその言葉は、汐梨の背を押した。

彼の言葉を信じてみようという気持ちになった。

「閑様に似合って、あなたに似合わないはずがないのだから」

しかし、閑を引き合いに出されたことにもやっとしてしまい、汐梨の心は沈んでしまった。

……安心させようとしているのはわかる。

それでもこの服は、汐梨に似合うからではなく閑に似合うから累に選ばれたと思うと、喜べないのだ。

(いけない。卑屈になりすぎてしまったら、累さんを困らせるだけだわ。わたしは閑様の身代わりをするん

だから、当たり前の発言じゃない）

汐梨は気持ちを切り替えて試着をすることにした。

そして更衣室の鏡で、着替えた自分を見つめること数秒――。

「……思った以上に、似合う気がする。自画自賛するのは恥ずかしいけれど」

妹に幸薄いと言われた顔が、顔色がよく見えるせいで、幸あるようにも見える。

汐梨が更衣室から出てくると、店長は称賛の言葉を投げ、累は蕩けそうな笑顔を向けてくる。

「ああ、やはり……素敵だ」

その眼差しに宿る熱が、あの夜の彼の欲情を思い出させて、思わず汐梨は頬を熱くさせた。

累は満足そうに微笑みながら、手にしたものを見せた。

「靴もお揃いのものがあるそうです」

差し出されたのは、同じモーブピンクのベルトがついたミュールだ。

「この椅子に座って、履いてみてください」

累に促されて椅子に座り、更衣室のサンダルを脱ぐと、累が片膝をついて汐梨の足にミュールを履かせた。

「ちょ、累さん⁉　自分でできますから」

「俺にやらせてください」

かつて汐梨の体を愛撫した累の手が、ストッキング越しの汐梨の足に触れると、肌が粟立（あわだ）った。

思わずおかしな声を出しそうになり、さりげなく片手で口を押さえる。

「ふふ、まるでシンデレラにガラスの靴を履かせている気分です」

彼は——閑にも跪いて、靴を履かせたことがあるのだろうか。

まるで騎士が主人に捧げる誓いのように、こうして。

そんなことを考えると、胸の奥が針で突き刺されたみたいにツキンと痛む。

「とても綺麗だ。似合っている」

……彼の目は、本当に自分を見ているのだろうか。

唇を噛みしめて耐える汐梨に、訝しげな声がかけられる。

「汐梨さん？　気に入りませんでした？」

汐梨は控え目な笑みを作った。

（いけない。また、考えなくてもいいことを考えて。累さんに心配させちゃったわ）

「その逆です。かなり素敵なので感無量でした。本当に、シンデレラになった気分です」

「それはよかった。では今夜はこのままで、この上のレストランで食事をしましょう」

そして汐梨を立ち上がらせると、すっと汐梨の腰を引き寄せて微笑みかけた。

「美しいシンデレラをエスコートする王子の役は、俺がいただきます」

愛おしげな眼差しは、あの夜を思い起こさせる。

汐梨の胸は、ぎゅっと締めつけられた。

彼がこんな目を向けてくるのは、自分が閑に似ているからではないか——そんな疑念が消えない。

そういえばＢＡＲで初めて累と会った時、汐梨が知人に似ていたからと、驚きのあまり固まっていた。

冷酷だと噂される彼が汐梨に優しかったのは、最初から閑と重ねて見ていたからではないのだろうか。

眼差しが優しく熱かった理由は、彼が恋人がいる閑に片想いをしているからだとしたら？

だからあの夜、汐梨を誘ったのではないか。

彼が抱いていたのは、汐梨ではなく閑の幻。一夜で消えた月下美人は、閑の方だとしたら――。

（ああ、なんだか泣きそう。累さんにとっても、わたしは最初から二番目だったんだと思ったら）

累の特別だと自惚れたことはないけれど、現実を目の当りにするのはつらい。

だけどきちんと自覚しないといけない。この切なさが愛に変わって暴走してしまう前に。

自分はただ、彼の愛する令嬢の身代わりにしかすぎないと。

万年二番目止まりの女が、幸せな主役などなれるはずがないと。

（ちゃんと現実を見ないとね。浮かれて、調子に乗りすぎていたわ）

癒やして立ち直らせてくれた、累への恩をきちんと返すことを忘れてはいけない――。

そんな汐梨の決心に気づかないように、累は甘やかに笑って囁いた。

「……平塚の御曹司と代わって俺が見合いをして、話を受けたくなるくらいだ」

閑の縁談相手になりたかったのだと、そう言われているようで胸が痛んだ。

だから汐梨は、営業スマイルにも似た、美しく作った笑みを累に返した。

「それは光栄ですわ」

心が軋んだ音をたてているのに、気づかないふりをして。


「なあ、ルーちゃん」

汐梨を家に置いた帰り、律が後ろに座る主に声を掛けたが返事がない。

「窓を見て憂い顔で考え込む、ルーちゃんよ。りっちゃんさんが声をかけているのにシカトかよ」

すると返事の代わりに、累の長い足が運転席を蹴り飛ばしたが、律は咎めることなく続けた。

「ただ今帰られた、シオリンお嬢様……様子がおかしくなかったか？」

「お前もそう思ったか。ブティックを出るあたりから、素の顔を見せずに、張り付いた笑みばかりになった。食事をしてもウィンドウショッピングをしても変わらない。そんなにあの服や靴、おかしかったか？」

「巾々のものだったがなあ。お前の好みと独占欲が丸出しで。でもよ、シオリンは今日、やけに閑ちゃまのことを聞きたがっていたよな。本気で完コピでもするつもりかよ。それで閑ちゃまのつもりで、令嬢スマイルを連発させて、とっつきにくい〝高嶺の花〟を演出しているとか？」

律の言葉に、累は眉を顰めた。

「なあ、ルーちゃん。どう逆立ちしたって、シオリンが閑ちゃまに近づくことすら無理だってこと、言った方がいいんじゃねぇの？　さっき閑ちゃまからお前に電話があった時もさ、お前が停めた車の外に出て話している間、シオリンが俺に、おずおずとなにを聞いてきたと思う？」

――閑様が奴隷を作る女王様タイプなら、深窓のご令嬢というよりも、ムチを片手におーほっほっほと高笑いをしている感じの方がよろしいんでしょうか。

「真面目っ子に、閑ちゃま情報は安易に吹き込まない方がいいかもしれねぇな。望んでいない方向へ、曲がるかもしれねぇぞ？　……というか、既に曲がりつつある気もするが」

累はため息をついて前髪を掻き上げる。

「閑がへんに介入してこなければ、すんなりいけたものを……」

「一長一短だろうさ。閑ちゃまのおかげでシオリン見つけられたんだし。……ま、お前もだいぶ溜まってるだろうから、今夜はシオリンを抱きしめて早く寝ろ」

「……シオリンの棘攻撃を受けそうだ」

「チクチク攻撃なんて可愛いものだろうさ。なにせお前は、本物からぐっさりと痛い攻撃をされたんだ。たくさんの女が求めるお前に抱かれても、シオリンはお前に夢中になるどころかとんずら決め込み、お前との未来を拒絶したんだから」

辛辣な律の言葉が、累の胸に突き刺さる。

「お前は……誰かのもんだとわかっていても、ずっとシオリンを想い続けてきた。やせ我慢していい男ぶらず、無理矢理にでも強奪していれば、シオリンもクズ男に傷つかずにすんだものを」

「……できるわけないだろうが。彼女はいつも無意識にダイヤの指輪を触っていた。いい恋愛をして幸せなのだと思ったら、邪魔なんてできるはずがない」

諦めようと思いつつも、姿を見るだけでもいいからと、仕事ついでだとかこつけてＢＡＲへ通っていた。

連絡先を聞かず、次に会う約束をしなかったのは、過ぎた願いを持たないためだ。

とはいえ、彼女の姿がなければ寂しさに酒を呷（あお）り、汐梨と会えた時は、嬉しさに顔が緩んでたまらなくなった。彼女を独占したまま、時間が止まってほしいと幾度思ったことか。

それでも彼女は、ひとのものだ。自分ではない誰かの。

いずれは楽しい時間も終わりが来て、彼女は愛する男の元へ帰っていく。

零時（タイムオーバー）だからと背を向けて走り出した、無情なシンデレラのように。

引き留めることもできない。追いかけてほしいと硝子（ガラス）の靴を残してもくれない。

彼女の警戒心を解くことができても、そこには累が欲しい愛はなかった。

彼女の恋人はどんな男なのだろう。聞いてみればいいのに、ダメージが怖くてそれすら聞けない。

だからいつも悶々（もんもん）と想像していた。彼女が幸せな笑みを見せ、その体を開く相手を。

彼女に何度も愛を囁いて抱ける権利を持ち、そして彼女からの愛を注がれる男――。

この恋を諦められるくらいの素晴らしい男であってほしいと願う反面、どれほど心の中でその男を羨み、そして同時に憎んで、ずたずたに切り裂いたことだろう。

いつかあの忌まわしい指輪がなくなればいいのにと思っていたら、それは半年後に実現した。

汐梨の恋人がまさか、彼女の妹と不義を働いていたとは。

汐梨と愛し合える立場にいながら、なぜ彼女を傷つけ、無惨に打ち捨てることができるのか。

聞いているだけで怒りが込み上げ、震えが止まらなかった。

自分なら泣かせない。絶対に幸せにするのに――そう思いながらも、泣けない汐梨を癒やしたくて、彼女を抱いたあの夜。

腹立たしい元彼を思い出してもいいから、彼女は虐げられていい存在ではないことをわかってもらいたかった。愛されるべき女性なのだと、自分の想いを通して感じてもらいたかった。

そして荒れ狂う欲望が鎮まった朝……すぐには無理かもしれないけれど、この先は自分を恋人の対象として見てほしいと、改めてきちんと告げるつもりだったのだ。

しかし目覚めれば彼女は姿を消し、唯一のつながりだったＢＡＲにもやってこない。

彼女の意志がなければ、会う手段がなかった。

あの夜に汐梨に刻んだはずの愛は、逆に累の体だけに刻まれたようで、汐梨の感触が抜けない。

恥ずかしがる姿とは裏腹に、貪欲に求めて絡みついてくる彼女の深層。

熱い愛を注げば、切なそうに縋りついてきて、さらなる愛を乞うてきた汐梨――。

姿を現さないということは、自分は汐梨にとって必要がないと思われたのだと頭ではわかっていたのに、彼女の残像に囚われ、気が狂ってしまいそうなほど恋い焦がれ、彼女を捜し求めたこの一ヶ月。

「シオリンに告る前にフラれて、お前かなり荒れてたよなあ。人妻になる女だからと、自分への牽制のつもりでシオリン情報を仕入れてなかったのが仇となり、シオリンがどこにいるのかもわからねぇ。長い黒髪美女の後ろ姿を見るたびに、シオリンかと思って声をかけては落胆して、毎夜ＢＡＲで酒を呷って」

累のコネや力を持ってしても、汐梨を探り当てることができず、苛立っていた毎日。

そんな彼の必死さに、興味をもったのが閑だ。彼女は宮園の権力をフルに使い、すぐに汐梨の情報を掴んだ。そしてある時、累に調査資料を叩きつけて言った。

——雁谷坂汐梨についての情報が欲しければ、私の言うことを聞いてもらおうか。

——お前に拒否権はない。拒めば彼女になにか支障が出るやもしれぬ。

老女めいた言葉使いを好むのは時代劇の影響だ。年下だからと、なめられたくない気持ちの表れであるのかもしれない。傍若無人(ぼうじゃくぶじん)な年下のお姫様との取引に応じた要因のひとつは、閑が目的のためには手段を選ばない女だということがわかっていたからだ。

なにより累自身、どんな条件であろうとも汐梨に会いたくてたまらなかった。

彼女がフリーになった今度こそ、自分を男として見てもらいたかったから。

今度こそ、正々堂々と求愛したいと思ったから。

それなのに——閑の条件が、汐梨を欲する累の足枷(あしかせ)になっている。

「シオリンとギスギスするくらいなら、いっそまた抱いちまえば？　口に出すことを閑ちゃまに禁じられているんだから、体から伝えればいいんじゃねぇの？」

律が簡単に言うのは、それが難しいことをわかっているからだ。

「彼女を抱いたら、お前は閑に報告しないでくれるか？」

「無理だね～。閑ちゃまのスパイは俺だけじゃねぇし。なにせ彼女の右腕のうっちんと、左腕のさっちんがそれぞれ動いているからさ、俺が黙っていたところでばれるのは時間の問題。シオリン、いろいろと顔に出る素直なタイプみたいだしさ。結局、お前が我慢できなくなったら大変な目にあうのは、シオリンだ」

「……っ」

「とにかくは、シンデレラ計画は明日一日。それがすぎれば本番だ。わかっているよな」

「ああ」

「じゃあよし。ところでよ、閑ちゃま、お前に電話でなんだって?」

「『私はひらひらピンクは着ない。でもシオリンが似合うのなら着る』……お前いつ連絡していたんだよ!」

累は、げしっげしっと二度、運転席を蹴り飛ばす。

「あはは。閑ちゃまも興味津々なお年頃なんだよ。なんていっても超堅物のお前が、閑ちゃま公認の〝同じ顔の女〟にご執心となればさ。だから素敵な舞台を用意してくれたんじゃないか」

「どこが素敵なんだよ。おかげでこっちは迷惑を被(こうむ)っているのに」

律の笑い声を無視して、累は窓から見える蒼白(あおじろ)い月を眺める。

今にも消えてしまいそうな、儚げな笑みを見せていた汐梨が思い浮かぶ。

どうすれば彼女の心を満たして、笑顔にさせられるだろう。

昨日の笑顔が、消えてしまった今日。

他人行儀に振る舞おうとする彼女が、空から見える月のように、儚げで遠すぎた。

これなら、ＢＡＲで話していた時の方がよほど近くに、素の彼女を感じられたと思う。

なにかを間違えたのだ。しかしなにを間違えたのかがわからない。

だからこそ、閑の気まぐれが終わる時間を待つしかなかった。

「あと二日。それを終えれば……」

彼女は家にいる自分には、笑顔で語りかけているのだろうか。

当然のように、素の彼女のそばにいられることが、酷く妬ましく思えた。

……今の彼女は、左手の薬指に指輪をしていない。

それなのに、サボテン以下の存在として耐えねばならない自分を情けなく思い、どこぞの時代劇のご隠居……いや、悪代官のように呵々と笑い、平然と監視スパイを送り込む令嬢を恨めしく思った――。


見合いを明日に控えた、金曜日――。

噂好きな後輩である幸恵が、客室からかかってきた電話を切って渋い顔をしていた。

「どうしたの、幸恵ちゃん」

「昨夜からエグゼクティブルームに二泊宿泊の、男女二名のお客様なんですが、部屋でトラブルが起きたからすぐに見にきてほしいと。汐梨さんをご指名なんです。どんなトラブルかは汐梨さんに話すからと」

「わたしに？　わたしの知り合いかしら……」

汐梨は首を捻ると、端末を叩いて宿泊者情報を表示させる。

カルムにおいてエグゼクティブルームは三種あるスイートの下のランクではあるが、約五十平方メートルの広さを持ち、専用の窓口やレストランや施設でも特別サービスを受けられる。

一泊五万は下らないセレブの部屋を二日も借りているふたり組は——。

『林田宗佑　妻　愛里』

汐梨の全身が強張った。

汐梨が勤めているホテルに宿泊するのは、故意的に思えた。

汐梨を指名しているのなら尚更に。

チェックインの時刻は夜。汐梨なら夜勤でいるだろうと思ったのだろうか。

(もう結婚したの？　それとも嘘の情報？)

汐梨の脳裏に、絡み合うふたりの姿が蘇ったが、汐梨はふるりと頭を横に振った。

(思い出してはだめ。どんなひとたちでも客は客。そう教育されたはずよ。このホテルでトラブルを起こすわけにはいかない)

汐梨はざわめく心を抑えようと、自制心をフル稼働させた。

仕事であれば客の要望に従うのが務めだ。

「わかったわ。行ってくる。フロントをお願い」

「汐梨さん……」

よほど電話での態度が悪かったのか、幸恵が不安げな顔を向ける。

「大丈夫だから。念のため無線機(インカム)をしていくわ」

汐梨はイヤホン型の無線機を片耳につけて、エグゼクティブルームに向かった。

エレベーターに乗ると、大きなテディベアのぬいぐるみを持った、小さな少女が駆け込んできた。年は十歳前後だろうか。そばかすだらけの顔で、天然パーマなのかアフロに近い髪をふたつに結んでいる。

「お嬢ちゃんは何階に行きたいのかな?」

少女は、汐梨の胸にある名札を見上げたまま動かない。漢字が難しくて読めないのだろうか。

汐梨は屈(かが)んで、名札を少女の目線に合わせると、笑顔を作った。

「雁谷坂汐梨といいます。お嬢ちゃんは、お部屋に行きたいのかな」

(家族連れのお客様っていたっけ? 平日だし、いたら目立って覚えているはずだけど)

すると少女はぶんぶんと頭を横に振る。

「じゃあお父さんやお母さんのところに行きたい?」

またもやブンブンと頭を横に振って、口を開いた。

「ババがどこにいるかわからない」

「ババ……おばあちゃん?」

こくりと頷く。

「お嬢ちゃんの名前か、おばあちゃんの名前、わかる?」

「ババは……ウメ。ヨネザワウメ」

「もしかしてその梅おばあちゃんって、ここに働いている？」

少女はまたもやこくりと頷いた。

「梅さんのお孫さんなのね。だったらフロントで待っていましょうか。今おばあちゃんを呼び出してあげるから」

少女は汐梨の顔を見つめていたが、突如ニカッと愛嬌ある笑いを見せて尋ねてくる。

「お姉ちゃんはお仕事？　一緒に行きたい」

少女は、汐梨の手をきゅっと握る。

（困ったわ。だけど突き放すわけにもいかないし。……可愛いし）

「だったらおばあちゃんに、上の階に来てもらいましょう」

汐梨はフロントに連絡し、梅をエグゼクティブルームのある二十階に来るように手配した。

「お嬢ちゃんのお名前は？」

「ヒマ」

「ヒマちゃんか、珍しいお名前ね。梅おばあちゃんにはいつもお世話になっているのよ。どんな汚れもすぐに落としてしまうし、困っていると助けてくれる、すごいおばあちゃんよ」

エレベーターが上がっている間、汐梨は少女に笑顔で語りかける。

「お姉ちゃんはなんで……ホテルのお仕事を？」

「わたしが大学生の時かな、血だらけの高校生を見つけてね。すごい出血なのに、救急車を呼ぼうとするといやだと怒るし、病院もいやがる。でもそのままにしておけず困っていた時、近くにホテルがあって。そこのフロントに相談したの。そうしたらホテルで手当してくれて」

宿泊者でもなく、さらにワケありなのに、こちらの事情を最優先にしてくれたスタッフ。医者を手配し、高校生をベッドに寝かせてくれた。そのベッドも血だらけになったのに、誰ひとりいやな顔ひとつせず、忙しいのに容態が悪化していないか、皆で顔を出して気に掛けてくれた。

「血がたくさん出ていたから、死んでしまうんじゃないかって心配で、帰ることもできなくて。ホテルのひとたちはおろおろしてばかりのわたしに、食事を出してくれたり、仮眠できるようソファベッドを用意してくれたり。その親切がすごくありがたくて。わたしもホテルで働きたいと思ったの」

「それはここのホテル？」

「ううん、別のところ。試験に落ちてしまったの。でもこのホテルも、皆いいひとたちばかりなのよ。梅おばあちゃんも全員！」

するとと少女は、自分が褒められているかのように嬉しそうに笑った。

エレベーターが目的階に着く。エレベーターホールにはふかふかなソファが置かれていた。

「おばあちゃんがすぐに見つけやすいように、ここに座っていてくれるかな。ちょっとお姉ちゃん急ぎのお仕事してくるけれど、もしおばあちゃんが来なかったら、ここでお姉ちゃんを待っていてくれる？」

「わかった。ババがすぐに来たら、お姉ちゃんのお仕事、見に行ってもいい？」

「残念だけど、お客様のお部屋に入っての内緒のお仕事なの。ヒマちゃんはお外にいてくれる？　ヒマちゃんも、ホテルのお部屋に、突然見知らぬひとが入ってきたらいやでしょう？」

少女はこくりと頷くと、テディベアを前面に出して、くまの片手を持ち上げて左右に振った。

いってらっしゃいということらしい。

（ふふ、可愛い……）

汐梨は手を振り返して、宗佑と愛里の宿泊する部屋へ向かった。

チャイムを押して名乗ると、ドアが開けられた。

ドアを開けたのは、白絹のガウンを着ている宗佑だ。驚くほどげっそりしている。

「雁谷坂です。トラブルが発生したとご連絡をいただきまして」

あくまで従業員としてのスタンスを崩さないのは、汐梨のプライドでもある。

（しかしこんな高価な部屋を二泊するなんて、宗佑もよくそんなお金を出せたものだわ。愛里は割り勘とかしそうにないし）

「お姉ちゃん、元気だったあ？」

宗佑に後ろから抱きつき、ひょっこりと現れた愛理は、悪びれた様子もなく笑顔で言った。

目鼻立ちが大きく整った、アイドルのような愛らしい顔をした妹だ。

彼女も宗佑と同じガウン姿だが、情事の余韻を隠そうとしていない。

「宗佑ったら激しくてねー。私を離さないの。見て、このキスマーク。お店に出られなくなっちゃう」

嬉々として愛里が語るのは、ガウンから覗（のぞ）く肌にできた鬱血（うっけつ）の痕だ。数が多く、なにかの病気のようだ。

汐梨にはつけられたことがなかった執着の痕を見て、羨ましいとか悔しいとか感じるよりも、気持ち悪いと思った。そんなものを見せびらかす妹も、それをつけた宗佑も。

(ああ、客観的になれるということは、わたし……完全に吹っ切っているんだな)

もしあの夜、累に抱かれなかったら、ショックで倒れていたかもしれない。

職場で泣いて取り乱して錯乱し、皆からいい笑いものになったかもしれない。

今、泰然として前を向いていられるのは、累のおかげだ。

(大丈夫。わたしは……負けない)

「当ホテルにて蜜月の時を過ごしていただけたのなら、なによりです。ところでトラブルはどちらですか?」

さらりと冷静に受け流した汐梨に、愛里はむっとした顔を向ける。そして傲慢な眼差しで、汐梨に中に入るように顎(あご)で促した。

「ベッドルーム。直接見てほしいの」

なにかいやな予感がする。本音を言えばここで退散したいが、カルムのスタッフとしてはトラブルだと連絡してきた客にすべき対応ではない。私情を押し殺して、愛里に従うことにした。

「では、失礼いたします」

カルムでは客の部屋に入る時は、ドアを閉めないのが規則だ。それを愛里たちに告げて、ドアストッパーを差し込んで、ドアを開けっぱなしにしておく。

寝室へ入ると、むっとした匂いがした。

なにかの体液で濡れてしわしわになったベッドシーツ。ベッドの上や床に点在するのは、封を開けられた避妊具の包みと、使用済みの避妊具の残骸だった。

生々しく不潔極まりないその光景に、さすがに汐梨も眉を顰(ひそ)め、顔を歪めさせた。

そんな汐梨を見て、愛里は満足げな顔をすると、興奮に上擦った声で言う。

「シーツ交換して、使用済みのゴムを捨てて、ここを綺麗にして。またセックスできるように」

「……では今、清掃スタッフを……」

「あんたに言っているの。客があんたを指名しているのだから、あんたがやってよ。プロでしょう?」

思わず宗佑を見ると、彼はバツの悪そうな顔をして背を向けた。止める気もないらしい。

ふたりは愛し合った名残を汐梨に処理させて、なにをしたいのだろう。

(ああ、愛里はわたしに屈辱を植えつけたいのね。略奪した宗佑からどれだけ愛されているのか。どちらが女として魅力があるのか。わたしが行方をくらませたから、屈辱に泣く顔を見たくてここへ来たんだ)

不思議と、情事の証拠を見ても怒りも悲しみも湧かない。

ただ哀れだなと思う。こんなマウンティングをとって、なにが嬉しいのかと。

姉を痛めつけたいがために、己の非常識さを晒(さら)して、恥ずかしくないのだろうか。

(なんでも思い通りにできると思っているのかしら。馬鹿な子……。宗佑も宗佑だわ。愛里を止められず、後始末もできないなんて。愛里相手ならこんなになると、自慢したいのかしら。わたしとのセックスになにかコンプレックスでもあったのかな。……まあどうでもいいけれど)

汐梨はため息をつきつつ、視線をある一点に向けると、微笑んだ。

「それではプロとして、お客様のご要望通り、対処させていただきます」

そして汐梨は無線機に、はきはきとした声を向けた。

「フロント雁谷坂です。只今（ただいま）、エグゼクティブルームのお客様のお部屋に来ておりますが、使用済みの避妊具の片付けをすることができないようでして。ええ、ご自分のものを始末できない特別な事情があるようです。わたしが処理いたしますが、万が一に備えて、防護服と、消臭剤及び殺菌剤を用意していただけますでしょうか。……はい、感染対策マニュアル第五条です。菌の調査もお願いします」

「な……。菌って……感染って……」

宗佑は怒りと羞恥に顔が真っ赤だ。

「それとシーツも濡れてぐちゃぐちゃでして、その交換も希望されています。お年寄り用の尿漏れシーツもお願いします。あまりに悪臭漂うひどい有様なので」

「にょ、尿漏れじゃないわ……失礼じゃないの！」

愛里も真っ赤な顔で怒っている。

それを無視して汐梨は神妙な顔でふたりに言う。

「では只今より、清掃をさせていただきますが、その前に菌を調べる機械を持ったスタッフがやってきます。大がかりになりそうなので、あちらのリビングスペースでお待ちいただけますか？　場合によっては部屋自体を立ち入り禁止にして殺菌する場合もありますので、服を着られていた方がよろしいかもしれません」

「余計なお世話よ。ひ、ひとりでやりなさいよ！」

「当ホテルでは衛生面に特に気をつけています。感染症のリスクが生じると思われる場合は独自判断で動かず、必ず上司や医療スタッフとの相談のもとで動くのが規則。その手筈を整えさせていただきました」

ひとりの歪む顔を見たいがために、ふたりは大勢の前で恥をさらすことになるのだ。

彼らの愛の証は悪臭と悪菌が漂う穢らわしいものにされ、彼らは汚物の片づけもできないというレッテルを貼られることになる。

……それはプライドが高い愛里や、妙な自尊心がある宗佑にとっては耐え難きことだろう。

「雁谷坂さん、先に清掃道具を持ってきたぞ。防護服は今用意しているそうだ」

箱になにかのスプレーやシーツなどを入れて現れたのは、ゴム手袋とマスクをした梅だ。

「さああんたも取り急ぎマスクを。そこのご夫婦もどうぞ。悪い菌だったら困るじゃろう」

すると愛里がヒステリックな声を上げた。

「夫婦じゃないし、菌じゃないわ！」

チェックイン時の妻のサインは、汐梨にダメージを食らわせたかっただけなのかもしれない。

「自分たちで片づけるから、ここから出ていって！」

しかし梅はいけしゃあしゃあと言い放つ。

「菌かどうかは調べないとわからん。とはいえ……あまりにひどい光景じゃ。口の縛られていない避妊具まであるとは。もしあれが原因で感染菌が広げられたとなれば、ホテルのフロアごとの滅菌清掃が必要になる。

そうなれば多大な清掃費用はお客様に請求なされることになるじゃろうて、お覚悟を」

汐梨は笑い出したいのをぐっと堪えながら、すました顔で頷く。

「スイートを十泊くらいできる金額がかかると、思っていただければ……」

すると愛里は地団駄を踏んで、きぃぃと金切り声を出した。

「大ごとにしないで！　自分で綺麗にするから出ていってよ！　もう二度と部屋に来ないで」

「しかし清掃が……。シーツも替えないと……」

「いらないわよ！　ベッド使わなければいいんだから。だから出ていって！」

客の要望なのだ。スタッフは顔を見合わせて出ていくしかなかった。


そして、エレベーターホール——。

「梅さん、ありがとうございました」

開いたままのドア。そこから外に聞こえるよう、汐梨は声を張り上げていたのだ。

むろん、無線機での連絡は嘘。電源はＯＦＦにしていた。

汐梨の願い通り、ヒマを迎えに来た梅が、ヒマから汐梨のことを聞いたのか……様子を見にきてくれた気配を感じ取ったから、わざと大仰に言ったのだ。

梅がそれを察して乗じてくれたおかげで、愛里の我儘（わがまま）から逃れることができた、というわけである。

「しかし、なんじゃあれは。たちの悪い客だ。お前さんがあんな程度で許しても、お天道様（てんとうさま）は許さん」

梅が怒ると、ヒマも「許さん」と真似をした。

まるで、昨夜徹夜で見ていた、勧善懲悪の時代劇の再現のようだと笑いが込み上げた瞬間、汐梨の視界がぐらりと揺れ、色が黒く染められていく。

「目には目を歯には歯を。せいぜい、赤っ恥をかくといい。我がホテルスタッフを奴隷化できるとは、とんだ傲慢ぶりだ」

聴覚も不安定で、梅の声が別人のものに歪んで聞こえる。

体が鉛のように重くなり、強制的に底なし沼に沈められていく感覚に陥った。

(あ、やば……。昨夜は時代劇を見てほとんど寝てないし、宗佑と愛里に会ったせいで、変に緊張しすぎて……今頃、貧血……。ごめん、梅さん。もう……よく見えないし、聞こえない)

「これ、汐梨さんや。しっかりせぃ！　汐梨さん……」

汐梨はすっと意識を失ったのだった。


——と、途中で意識を薄れさせた記憶はある。

が、カルムの一室のベッドで目覚めたらなぜ、累が心配げに見つめているのだろう。

「ご気分はどうですか？」

「え、あ……とてもいいですけど、累さんがなぜここに……」

上体を起こしたが、ぐっすり寝たからか気分はとてもいい。

「近くにいたので、カルムで昼食をとろうと寄ったんです。よければあなたとご一緒できればとフロントで声をかけると、戸川さんにあなたは具合悪くて部屋で寝ていると教えてもらいまして」

「そ、そうだったんですか。その……お忙しい中、お見苦しいところをお見せしてしまい、申し訳……」

「見苦しくなどありません。むしろ役得。それにあなたの綺麗な寝顔は、前に見ていますから」

にっこりと累は笑う。

（な、なんて返していいのかわからない……）

汐梨は目を泳がせ、そしてはっとする。腕時計を見ると、あれから一時間強経過していた。

「わたし仕事に戻らなきゃ……！」

布団を剥（は）ぐと、制服ではなく私服だった。

「戸川さんと米沢さんが着替えさせてくれました。目覚めたらすぐに早退させると、既に上に話を通しています。それとお休みをとられているのは明日だけのようなので、日曜日もお休みにしました。俺からの業務命令として休日に同行してもらうことにしたので、有給にはしていません。休息は必要です」

「へ……」

「体調が回復したのなら、ここを出ましょう。ゲスな元彼と妹がいるここから、一刻も早くあなたを引き離したい。あのふたりは、あなたが倒れてしまうほどのいやがらせをしたと聞きました」

（倒れたのは、寝不足で……）

それが声にならなかったのは、累が怒りを潜めた酷薄な笑みを浮かべており、ぞっとしたからだ。

「あなたは優しいからこんな程度に収めましたが、俺は許しません」

殺気にも似た剣呑な目の光。本気でやりかねないと、慌てて汐梨は累を止めた。

「お気持ちだけで結構ですので！　もしかしてふたりも、やりすぎたと後悔しているかもしれませんし」

……そうとも思えなかったが、制するための理由は必要だ。

彼は有能な弁護士なのだ。自分如きのために、キャリアを棒に振って法に背かせてはいけない。

「あなたはまさか……」

すると累が、剣呑に目を細めて呟くが、すぐに緩やかに頭を横に振って言った。

「この件は、あなたに思い出させたくないので、これでやめましょう。これからちょっとついてきてほしいところがあるんですが、いいですか？」

汐梨は口籠もった。体調が戻っているのに、仕事放棄することがどうしても気になるのだ。

これから仕事に戻りたいと訴えようとした瞬間、フロントチーフと総支配人が汐梨の様子を見にやってきた。チーフは優しげな顔をした四十代の男性だが、総支配人は強面の五十代男性だ。

ふたりに元気なところを見せて仕事に復帰しようとしたが、総支配人もチーフも累をちらりと見てから、口々にこう言った。

「雁谷坂くん。今日は早退し、明日あさってはきちんと休み、元気に月曜日から働いてくれ」

「僕たちは、倒れたスタッフに無理をさせるような鬼ではないよ」

彼らの面差しには、頼むから従ってくれ……と言わんばかりの懇願の色が見え隠れする。

累が彼らにどう接したのかはわからないが、ずいぶんと怖れられているようだ。

総支配人と直属の上司ふたりの命令ならば仕方がない。汐梨は強制早退を余儀なくされたのだった。


それから三十分後——。

汐梨は累が同行を望んだ場所に連れてこられた。

「あ、あの……なぜここに？」

……そう、遊園地に。

目の前でゴォォォと轟音をたてて、ジェットコースターが駆け抜ける。

観覧車が長閑にゆっくりと回っている。

呆然とそれらを眺める汐梨の横で、累はにこやかに答えた。

「今日のトレーニング場所です。あなたの体調を見ながら、楽しみましょう」

「た、楽しむって……そんな」

デートみたいに——その言葉を呑み込んだ。

もしかして、彼は閑とこうした庶民デートをしてみたかったのだろうか。

そんなことがぐるぐると頭に回り、同時に胸がズキズキと痛み出す。

（ああ、もう鬱陶しいわ。恩ある累さんを喜ばせるために、なんで快く閑様の真似ができないのかしら。彼

を満足させられたらすごく嬉しいはずなのに）

自分の感情がどうであれ、累の感情を最優先すべきだ――それが、時代劇を見ながら辿り着いた結論だ。

彼が望む閑になろう。汐梨は密かに呼吸を整え、微笑んだ。

「はい、楽しみましょう」

その素直さに、累は片眉を跳ねあげたが、汐梨は営業スマイルという名の令嬢スマイルを見せる。

「ところで累さん、お仕事は？　お忙しいんじゃ……」

「今日は事務処理ばかりなので、律にやらせています」

漆黒の瞳が汐梨の心を見透かそうとしているみたいに、鋭い。

「え、りっちゃんさんは運転手なのでは……」

「運転手兼秘書です、一応。有能な、ね」

正直、律の顔というのはまじまじと見たことがない。

堅物そうな見かけだけれど、かなり砕けた男……ということは最近わかってきたが。

「俺も仕事柄、恨まれたりと敵はたくさんいるので、律ぐらいなんです。安心して背を預けることができるのは。……これ、律には内緒にしていてください。あいつ、調子に乗ると思うので」

律が羨ましいと思う。累からそこまで信頼され、そばに置いてもらえて。

恋愛関係がなくとも成立できる間柄に、とても憧れる。

「律さんと閑様と三人、昔から仲良しだったんですか？」

「仲良しというか……。まあ、彼女がオムツをしていた時からの付き合いだし、主従関係がある律とは違い、彼女が引き起こす面倒事の尻拭いは、いつも俺にさせられていたので兄みたいなものです。宮園の顧問を引き受けてからは、雇用者としての立場を弁えてお嬢様としていますが」

「羨ましいですね、そういうご関係。累さんにとって閑様は特別であることには変わりがない」

さらりと出てしまった言葉だったが、累は笑い飛ばす。

「まあ、特別といえば特別ですね。手間はかかりますが」

閑を語る累は、とても楽しそうだ。ストレートに向けられる好意の大きさが、ありありとわかる。

同じ顔をしている自分に、累はそうした笑みを向けない。

悲しげでどこか苦しげな表情を見せたり、なにかを訴えかけているかの如き熱を見せる。

それが一番と二番の差なのだろう。

「ねぇ汐梨さん。これからは閑の話題も、心に思うことも禁止します」

「え？　でもわたしは閑様の代役だから……」

漆黒の瞳はわずかに揺れた。そして累の手が伸びると、ふにと汐梨の頬を摘まんだ。

（えっと……？）

累は対応に戸惑う汐梨の前で、口を尖（とが）らせた。

「俺が誘ったのは汐梨さんです。あまり閑閑言うと、妬（や）いて拗（す）ねちゃいますよ、俺」

端正な顔立ちなだけに、そうした表情を可愛く感じてしまう。

「拗ね……。劔崎先生が……」

　すると累は弁護士バッチを外して、ポケットに入れた。

「ここにいるのは、劔崎累と雁谷坂汐梨というただの男女だ。俺は閑ではなくあなたと楽しみたくてここに来た。俺……あなたには年下特権を使ってでも甘えたり甘えられたりしたいですが、閑にはしたいとも思いませんから」

　閑を呼び捨てにする彼は、汐梨に素顔を見せようとしていた。

「本当はこの先も言いたいけれど、明日にします。だから今日のところは、閑のことなど綺麗さっぱり忘れて、素の汐梨さんになってください。俺はそんな汐梨さんと一緒にいたい」

　まるで告白のようにも聞こえて、汐梨はぼっと頬を熱くさせた。

「……ふぅ。ようやくいつもの汐梨さんに戻ってくれた。俺の言葉が届いてよかった」

　どうして彼は――こうやって、惑う自分を導いてくれるのだろう。

　一緒にいたいのは素の汐梨なのだと、そう言葉にしてくれただけでも、こんなにも満たされる。

（ああ、わたしやっぱり……）

　累が好きなのだ。

　考えないようにしてきたけれど、手遅れなほど累に惹かれているのだ。

　宗佑と別れて一ヶ月。もう別の男を好きになるなんてあまりにも軽すぎると思うけれど、彼と肌を重ねたあの夜から、この感情は抱いていた気もする。

ＢＡＲで会った時から、累は特別なひとだった。だから抱かれた。

累でなければ、体を開かなかったと思う。

(宗佑より先に裏切っていたのは……わたしなのね)

――本当はこの先も言いたいけれど、明日にします。

明日、なにを言われるかとても怖い。

ただ……、明日、なにかが終わりそうな予感がする。

ならば、好きという気持ちを正当に胸に抱いてられるのは、今日だけなのかもしれない。

そう思い、汐梨は童心に返り、累と遊園地を楽しむことにした。


――メリーゴーランドには誰も乗っていませんね。一緒に馬に乗ってみませんか?

法曹界のプリンスが、真っ先に興味を示したのはメリーゴーランドだった。

それがなにか面白く、同時にちょっと意地悪を思いついた汐梨は、累を先に馬に乗らせた。

そして、汐梨を前に乗せようと伸ばされた累の手をとらずに、そそくさとカボチャ型の馬車に移動すると、周囲の目から姿を隠したのだ。

観客の奇異なる目は、ひとりで上下に揺れる白馬に乗っている累に注がれる。

「ちょ、汐梨さん⁉」

汐梨の裏切りに累は動揺したようで、慌てて汐梨の元に移動しようとすれば、従業員にマイクで移動するなと注意され、あえなく断念。振り切らずにじっと我慢して終わりを待つあたり、さすがは法の遵守者ではあるが、そこには噂されるような冷酷さはない。

「汐梨さん、恨みますから」

「え、なんのことですか？　お似合いですよ、リアル白馬の王子様で」

汐梨はカボチャの馬車から顔を出して、声をたてて笑った。

「明日の新聞、お馬さんに乗った先生の写真が掲載されるんじゃないですか」

茶化しすぎたことを後悔したのは、次に無理矢理連れられたお化け屋敷でのことである。

元々汐梨はホラー系は苦手なのだ。さらにここのお化け屋敷は、昔ながらの歩かないといけないタイプで、累に捕まって恐る恐る歩いていたところ、ふっと累がいなくなったのだ。

「ちょ……累さん。ねぇ、累さん……どこ？」

おどろおどろしい音楽がかかる中、累の姿を探している汐梨の近くで、バァンと大きな音をたてて作り物の幽霊が出てくる。頭に斧が突き刺さり、血を流している落ち武者のようだ。

「きゃあああ！」

さらには硬い床が突然スポンジのような柔らかなものになり、汐梨は腰を抜かした。

「累さん、累さ……ひぃぃぃぃ！」

突然体が持ち上がり、思わずなにかに縋り付く。

「本当に飽きませんね、あなたは。俺を放置した、さっきのお返しです」

累が横抱きしたのだ。汐梨はうぐうぐと言葉にならない声を発していたが、累の首に両手を巻きつかせていることに気づき、慌てて手を離そうとした。

しかし、お化けたちが後から後から湧くようにして出てくると、汐梨は震え上がり、手を離すどころか累にぎゅっとしがみついてぶるぶると震えた。

そんな汐梨に累が耳打ちする。

「汐梨さん……ずっとここにいましょうか」

「いやです！」

「だって、俺にしがみついてくる汐梨さん、可愛くて」

暗い照明の中、汐梨の頬になにかがすりと擦りつけられた。

それが累の頬だと気づいた直後、熱く柔らかなものが頬に押し当てられる。

「離したくない」

熱い吐息混じりの声に、思わず呼吸を忘れてしまった。

心臓のドキドキが鳴り止まないのは、お化けの恐怖ではない。

すぐそばに彼の顔がある。情熱的だった彼の目も唇も、触れられる距離にある——冷風が漂っているのに、彼を意識して昂る体が熱い。

暗くてよかったと思う。

もしも明るかったら……彼へ走り出す気持ちを、悟られてしまうだろうから。

やがて、少しだけ乱れた彼の呼吸が聞こえてくると、累は小さな声で言った。

「……出ましょう。本気でやばくなる」

累も意識してくれるのなら、ここでお化けと同居していてもいい……とは口に出せなかった。

その後、休み休みアトラクションに乗り、ベンチに座ってホットドッグで食事をする。

高級レストランの美味(おい)しい料理に舌鼓(したつづみ)もいいけれど、庶民の食事も楽しくていい。

「汐梨さん。ケチャップ……」

不意打ちで、顔を斜めに傾けた累が、汐梨の口角を舌で舐める。

驚きに固まる汐梨に流し目を寄越しながら、ごちそうさまと彼は艶笑(えんしょう)する。

(わたしの気持ち……見透かされているのかな)

累に翻弄されるばかりで、なにか悔しい。

「では腹ごしらえをした後は、最後にお約束の観覧車に乗りましょうか」

もう最後の時間になってしまったようだ。累はピンク色の丸い観覧車を待って、汐梨と乗り込んだ。

向かい合わせになって座ったが、狭い密室だ。

「少しは……気分転換できましたか?」

そこで汐梨は気づく。

もしかして遊園地で無邪気にはしゃがせてくれたのは、汐梨が宗佑と愛里に受けたダメージを引き摺らないよう、配慮してくれたからかもしれないと。

「おかげさまで、いやなことがすべて吹っ飛ぶほど、素に戻って楽しんでいました」

「それはよかった」

累は嬉しそうに笑う。

(ああ、なんて素敵な男性なんだろう。いつもいつも、わたしを救おうとしてくれる)

彼は王子様であり、シンデレラに魔法をかけてくれる魔法使いだ。

彼の魔法が効いている間、シンデレラはお姫様になれる。

「汐梨さんは遊園地に来たことがありますか?」

「小さい時に家族で」

その頃の愛里は、汐梨を慕っていてくれて、可愛かった。

「俺はないんです。両親は忙しいし、休日に子供が喜びそうなところに連れていってくれるタイプでもなく。そんな時間があるのなら、勉強をしろと言われて厳しく育てられました。だけど学生の頃、俺は養子だったことを知ってしまい、荒れてしまって」

「……そうだったんですか」

「ええ。その時、奇跡的にも救い手が現れ……それから俺、暗闇にもがく者たちを救いたいと思うようになって。初めて自分の意思で弁護士になろうと一念発起したんです。どんな社会的弱者をも見捨てたくない……そんな強気なスタンスで戦っていたら、いつの間にか冷酷弁護士になっていましたけどね。今は、劔崎家の者の務めとして、宮園の顧問弁護士だけをしていますが」

「いい出逢いをなさいましたね」

汐梨は微笑んだ。累が自分のことを語ってくれたのが嬉しい。

「血が繋がっていようがなかろうが、ご両親にとって累さんは、ご自慢の息子さんだと思います」

「そう……思ってくれていればいいのですが。……なにか照れますね」

ぽりと頬を掻くと、累ははにかんで笑った。

「そういうわけで……俺、遊園地に来たのは初めてで、律に聞いたベタな知識しか知らなくて」

「ベタな知識？」

「遊園地デートの定番です。観覧車は外してはいけないんだとか」

定番、そして観覧車。汐梨は、学生時代に、同級生たちが雑誌を片手にきゃあきゃあと騒いでいたことを思い出す。恋人ができたら、遊園地デートで最後にしてもらいたいこと——。

（まさか観覧車に乗ったのは、頂上でキスをすると、その愛は永遠に続くというジンクスのため？）

しかしすぐに否定する。

そもそも、付き合ってもいないのだ。愛が発生していないのだから、キスをする理由がない。

深読みしすぎたことに赤くなっていた時、やけに抑えた累の声が響いた。

「汐梨さん。見合いが終わったら、一度関係をリセットさせてほしいんです」

「リセット……」

不穏な言葉が、汐梨の胸を貫こうとしていた。

「ええ。本来あるべき正しい形に」

……とどめを刺された心地だった。

ああ、彼は……こうして一緒に過ごす時間を、終わらせたいのかと汐梨は思った。

最後に遊園地ではしゃいだ楽しい思い出を作った後は、各々の道に進んでいこうと言いたいのだ。

法曹界のプリンスである顧問弁護士と、彼が担当する系列ホテルの一従業員にすぎない自分とは、元来こんなに親しく接することができない。気軽に話せない。

それができたのは、見合いがあったからだ。だからそれが終われば、それぞれの世界に戻るのは当然のこと。立場を自覚して、きちんと線を引かないといけないのだ。

それが〝本来あるべき正しい形〟――。

(そうだよね。わたし自身最初から、見合いが終わるまでと割り切っていたはずなのに)

累を好きになって欲張りになってしまっていたらしい。

ここから先は踏み込むなと、はっきり言ってもらってよかったと思う。

これで今日の思い出を胸に諦めがつくはずだから。

「わかりました」

悟りきった笑みを見せると、宣言したのは累のくせに訝しげな顔を向けてくる。

「本当にわかっていますか?」

「ええ。同意いたします。最初からそのつもりでした」

「……汐梨さん。本当の本当にわかっていますか?」

「ええ。もちろんです」

念を押した累は、眉間に皺を寄せてなにかを考え込む。

「まあいい。明日になれば……」

(明日になれば……)

そこから沈黙が生まれた。感傷的な重い空気がつらくて、汐梨は累を見ることができず、景色を見た。

いつの間にか頂上近くになっている。

「景色が綺麗ですね……」

カルムの建物も見つけて微笑んでいると、突如観覧車が軋んだ音をたてて揺れた。

累が、汐梨の横に座ったのだ。

「な……」

突然に距離を縮められ、汐梨は焦る。小さな場所では逃げるスペースもない。

体を捻って窓の外を見ているしかできずにいる汐梨に、累はくすりと笑ったようだ。

そして累は汐梨をぎゅっと抱きしめると、汐梨の肩に顎を乗せた。

「確かに、ここから見る景色は、綺麗かもしれませんね」

耳元に囁かれる累の声。

ぞくりとしながら喘ぐように汐梨は言った。

「あ、あの……累さん……。近いので、は、離れて……」

累を記憶する体が、勘違いして熱くなってくる。

このまま奪ってほしいと、おかしな気分になってくる。

「……いや？」

まるで悪魔の囁きのようだ。

「き、緊張するので！」

「汐梨さんの体から、あなたを愛した俺の記憶……もう抜けちゃいましたか？」

ストレートな言葉が衝撃的で、喉奥がひりついてかすかすとした声しか出てこない。

「俺はまだ残ってる。あなたの柔らかさも、あなたの熱も、あなたの味も」

子宮がきゅんと疼いている。

忘れられるはずがない。初めてあんな快楽を、教えられたのだから。

「たとえあなたがもう、俺と会いたくないと思っていても……」

累が汐梨の顎を摘まんで持ち上げる。

熱を帯びた漆黒の瞳が、切なげに揺れていた。

「俺はずっと……あなたに、汐梨に会いたかった」

観覧車が頂上に到達した瞬間、唇を奪われた。

柔らかく熱い唇が、汐梨の感触を確かめるように、何度も角度を変えて触れられる。

汐梨は抵抗しなかった。

静かに閉じた目から涙がこぼれる。

嬉しいのか悲しいのか、切ないのかわからない。そのすべてのようにも思えた。

一ヶ月前を思い出す。あの時と同じ、愛されていると勘違いしてしまいそうな口づけ。

すぐに終焉を迎えることがわかっているからこそ、甘美に思えるのかもしれない。

唇をそっと離した累は、汐梨の涙を指で拭いながら、困ったように笑った。

「いや、だった？」

汐梨はふるふると頭を横に振る。

堪えきれずに嗚咽を漏らすと、累は汐梨の頭に顔を擦りつけるようにして、声を絞り出した。

「泣くなよ。俺の方が泣きたくなる……」

……どうしてキスをするのとか、どうして意味深な台詞を吐くのとか、いろいろと言いたいことはある。

だけどその返答がどんなものでも、明日すべてが白紙に戻るのならば聞きたくなかった。

せめて今は、刹那の恋に浸りたい。

そう思ったのに……明日、累から終了宣言をされるかと思うと、悲しみに涙が止まらなかった。

第三章

見合い当日――。

汐梨は早めに家を出て、見合いの前に世話になった累や律へ、ネクタイを買うことにした。

累にはシルバーと青がグラデーションになっている、すっきりとしたものを。

悩んだのは律のものだ。彼の顔をよく見ていなかったため、どれがいいのか見当がつかない。

結局悩んだ末に、シルバー柄でワンポイントの模様が入ったネクタイピンにした。

これならどんなネクタイをしていても、合うはずだ。

それらを一旦フロントに預け、見合いが始まる二時間前には、待ち合わせ場所に待機していた。

洋服は累に見立ててもらったシフォンワンピース。

見合いが終わったらこれらをクリーニングした上で、後日累に返却するつもりだった。

これは見合い専用の戦闘服。それがなくなれば、もらう意味はないからだ。

ただ、サボテンのルーだけは愛着があり、それはもらい受けようと思っている。

累の代わりに、ずっと愛情を注ぎたかった。

「うう、一時まであと三十分か。緊張感が半端ないわ。お手洗いに行って落ち着こう……」

見合いは二時からだが、先に宮園家当主夫妻が、汐梨と事前打ち合わせをしたいとのことで、一時間前にラウンジで集合となった。累が夫妻を連れてくるらしい。

昨夜はあまり寝ていない。累のことを思うと切なくなるため、見合いに備えて動画で令嬢の振る舞いを見て練習したり、イメージトレーニングをしたりした。断る見合いといえども、趣味などを聞かれたら答えなければならない。宮園家に恥をかかせない程度の模範解答を考えていたら、いつの間にか明け方だった。

極度の緊張に眠気を感じないのが幸いだ。見合いが終わったら、爆睡してしまうかもしれない。

手洗いに向かっている途中、やけにふらふらと歩いている留め袖姿の女性を見かけた。

とても顔色が悪く、汐梨は心配になり、思わず声をかけた。

「奥様、お加減がお悪いようですが、大丈夫ですか?」

「ええ、ちょっと……息が苦しくて。お手洗いにいけば、治るかなと……」

呼吸が浅く乱れている。苦しそうだ。

聞けば持病はないというが、突発的な過呼吸ともまた違う。手首の脈をとってみたが、乱れてはいない。

(わたしは医者や看護師ではないから詳しくはわからないけれど、心臓ではない気がする)

汐梨の目は、女性のお腹(なか)に硬く巻きついている帯に向いた。

(もしかして……)

「奥様、帯が苦しいのでは？　緩められては……」

「帯……そうかも。今日はひとに着付けを頼んで、きつくしてもらったから。ああ、くらくらする……」

「わたし、着付けができますのでお手伝いを……」

汐梨が協力を申し出た時、子供を抱いた女性とすれ違った。

子供は飲み物が入ったコップを持っている。その蓋が開いているのに母親は気づかず、立ち止まっている和装の女性にぶつかってしまった。

その瞬間――子供の手にあるコップが滑り落ちた。

（着物が、汚れてしまう！）

汐梨が咄嗟に和装の女性に抱きついた直後、背中にビシャリと冷たいものを受けた。

「すみません！」

飲み物をかけてしまったことに気づいて謝る母親に、子供のしたことだから大丈夫と笑って許して先に行かせたものの、和装の女性は汐梨の背中を見て驚きの声を上げる。

「茶色い染みが！　早く着替えないと……」

汐梨はにこりと笑った。

「わたしのことはお構いなく。あ、コンシェルジュが気づいて、こちらに来ましたね」

コンシェルジュは飲み物がかかった汐梨を心配してきたのだが、汐梨は逆に和装の女性が具合悪そうだということを話し、帯を緩めて様子をみたいからどこか部屋を貸してほしいと交渉した。

するとコンシェルジュはすぐに、一番近い従業員用仮眠室に通してくれた。

簡易ベッドがふたつある六畳間くらいの部屋だったが、汐梨は濡れた服のまま、すぐに和装女性の帯のみぞおちの部分に指を差し込んだ。なんとか指が入るぐらいの隙間しかない。

「これは……苦しかったでしょう。失礼します、帯を解かせていただきますね」

案の定、みぞおち周辺を襦袢の胸紐や帯だけではなく、帯の内側に挟んでいる帯枕の紐や、帯揚げがぐいぐいと締めつけていたようだ。それを緩めると女性は深呼吸を始める。

そしてコンシェルジュが運んできた冷水を飲むと、蒼白かった顔には赤みがさしてきた。

「気分がよくなったわ。着崩れしないようにきつくと頼んでいたのが、いけなかったのかもしれないわ。まさか、帯が原因だったとは……」

「たまにいらっしゃるんです。貧血で倒れてしまうお客様が」

「あなたは、着物屋さんにお勤めに？」

「いえ、ここではないホテルなんです。ホテルの教育方針で、様々なお客様に対応できるよう、一通りのことは学び、着付けも学びました。奥様、御予定は？」

「一時にひとと会わないといけないの……」

それは汐梨の待ち合わせ時間と同じだ。あと二十分もない。

「もう少しお休みいただきたいところですが、時間がないと慌てられてもお気の毒ですので、帯をつけさせていただきますね。着崩れしないよう、苦しくならない部分を強く締めさせていただきます」

襦袢の胸紐の背中側と腰紐をきつくして、みぞおちのあたりは緩めながら帯を巻く。

「ああ、これならいいわ。ありがとう、とても助かりました」

「それはよかったです」

「これから息子のお見合いなの。気分よく行けるわ」

「そうだったんですか。いいご縁がありますように」

汐梨は微笑んで頭を下げる。

「本当にありがとう。あなたのお名前とお勤めのホテル、聞いてもよろしいかしら」

「そんな、名乗るほどのことをしたわけでは……」

「お願い。親切な恩人の名前と、あなたをきちんと教育したホテルを覚えておきたいの」

汐梨はくすりと笑った。

「横浜にある『カルムYOKOHAMA』に勤めております、雁谷坂汐梨と申します。フロントにおりますので、もしもご利用の際にはお声がけくださいませ」

女性は驚いた顔をしていたが、すぐに笑顔になった。

「あんな大きな一流ホテルにお勤めとは、優秀なスタッフさんなのね」

「いえいえ、お客様に助けられながら、日々勉強の毎日です」

そう笑った後、時間が迫っているのに気づき、時刻を女性に告げた。

「まあ大変！　あなたもご用事があったのでは……」

「こちらのことはお気になさらず。……奥様、素敵な一日をお過ごしくださいませ」

にこやかに女性を見送った後、汐梨は慌てふためいた。

「どうしよう、せっかくの洋服……」

コンパクトミラーを取り出して背を見てみると、かなり目立つ染みになっているようだ。

累が選んで買ってくれたものを汚してしまったなど、精神的ダメージも多大だ。しかしそれに憂えている時間はないのだ。

「そういえばこのホテル、貸衣装のショップがあったはず。今からなら間に合う！」

退室した汐梨は、礼を述べがてらコンシェルジュに相談してみた。すると彼女も境遇を察してくれて、一緒に貸衣装店に掛け合ってくれた。

「しかしうちはブライダル専門なもので、洋装はドレスしか……」

断る前提の見合いに、どこぞのお姫様スタイルで現れるのはあまりに場違いで痛々しい。

この見合いにかけているという、妙な意気込みを誤送してしまう可能性だってある。

汐梨はふと、和装姿の女性を思い出した。

「そうだわ、着物はレンタルできますか？」

深窓の令嬢なら、着物姿でも華美すぎにならずに、正統派を主張できるはずだ。

以前累から見せてもらった写真でも、閑は着物を着ていた。

汐梨はコンシェルジュと店員に手伝ってもらいながら、白地にモーブピンクと金の桜の絞りが入った振袖を手早く着る。若作りに思えなくもないが、じっくり選んでいる暇はない。

なんとか着付けが終わり帯留めをしていた時、汐梨のスマホが鳴った。

累からだ。

電話口で簡単に事情を話していると、スマホを耳にあてたまま、累が店に飛び込んでくる。

「累さん、申し訳ありません。せっかくのワンピースだったのに……。コンシェルジュに染み抜きを頼んでいます。帰りにはお渡しできると思いますので」

「……は？」

「ああ、もうこんな時間。皆さん、ありがとうございました。御礼はまた後で伺います」

汐梨は一礼すると、累を急かして小走りする。

「俺が選んだ服ではないのは残念ですが、よくお似合いです。お着物姿も」

「あ、ありがとうございます……」

ひとまず累が、勝手なことをしたと怒っていなくてよかったとほっとする。

「ふふふ。トラブルが起きても臨機応変な対処ができるのは、さすがですね」

「カルムの教育がいいからです。とはいえ、まさかわたしが、フォローされる側になるとは思ってもみませんでしたけれど」

「はは。ホテルの教育も一因とは思いますが、根本的にはあなたのお人柄だと思いますよ」

「え？」

「あなたは昔から、困ったり弱ったりしている相手を見捨てない。あなたの機転で、救われた人間もいるくらいだから」

意味深な言葉を吐いた後、累はなにかを訴えるかの如く瞳を揺らしていたが、すぐに強張った顔をした。

「ただ……汐梨さん。平塚夫人の急なご要望で、見合い場所が茶室になりました」

「茶室？」

「ええ。茶道はなされたことがありますか？」

「は、はい少し。お作法はわかりますが、わたし帛紗は持ってきていません」

「帛紗なら俺が用意しています。こちらを」

手渡されたのは朱無地のものだ。

「あまりに急なことなので、事前回避できず申し訳ありません。あなたの負担にならない程度で終えられるよう、フォローいたしますので」

累に連れていかれた部屋は、隣に茶室を併設したモダンな和室だった。

まずは茶卓がある和室で、先に座っていた宮園家当主夫妻と対面する。

「こちらが雁谷坂汐梨さんです。本日は閑様の代役として平塚様との見合いをしてもらいます」

累に紹介されると、汐梨は名乗り、その場で丁寧に座礼をした。

すると和装をしている夫人も膝をつけて座り直し、人差し指の爪を重ねるようにして畳に手をつくと、ゆっくりと頭を下げる。その動きは流麗で、夫人自身も茶道を嗜んでいるように思えた。

ただ少しだけ、右手首を庇うようなぎこちない動作が見られたため、もしかして夫人は怪我をしているのかもしれないと汐梨は思った。

「……なんの茶番だ、累」

不承不承といった声を出したのは、胡座をかいて座ったままの厳格そうな顔をした当主だ。

当主がよく利用するのは東京のカルムで、横浜のカルムに立ち寄ることはないため、汐梨が実物に会うのは初めだ。当主の写真を見たことがあるが、別人に思えるほどずいぶんとイメージが違う。

そして相手に対してそう思ったのは、汐梨だけではなかったようだ。

「彼女が宮園家令嬢の代役を務められると、本気で思っているのか？」

――きっとご当主夫妻も汐梨さんを見たら、閑様の代役になれると安心なさいますよ。

そう累は言っていたが、この様子では了承も歓迎もしていないようだ。

そして夫人も丁寧な挨拶をしてはくれたものの、その顔には笑みはなく、どこか値踏みされているような視線を感じる。それは決して好意的なものではなかった。

（やっぱり……累さんが過大評価してくれているだけで、同じ顔をしていたところで全然別人なのね。滲み出る令嬢オーラが違うんだわ……）

わかっていたとはいえ、居たたまれない心地でいる汐梨とは裏腹に、累は真っ直ぐな瞳で返答する。

「ええ。彼女以外に考えられない。だから認めてほしいんです、汐梨さんのことを」

それはまるで愛を語っているかのようだ。

（どうして累さんはそう言い切れるの？　実のご両親から駄目出しをもらっているのに）

これ以上、彼が好きな閑にはなれないのだと、厳しい現実を突きつけないでほしいのに――。

「先方は語学に堪能だ。む……娘もそうだという前提で話をしてくるだろう。きみは複数の外国語を話せるのか？」

汐梨は控え目に頷いた。

「カルムでは外国のお客様も多く見えられますので、フロント教育の一環として、月に一度外国人講師を招いたレッスンがなされます。英字新聞と仏字新聞は毎朝目を通すようにしていますし、会話程度であれば、中国語とドイツ語も多少は」

当主から返事が戻らず、汐梨は不安になって累を見る。

（もっと語学、勉強していた方がよかったのかしら……）

しかし累はじゅうぶんだと言わんばかりの笑みを見せ、当主に告げた。

「ご当主。カルムの教育は厳しくて有名です。六年も現場で働いている彼女の実力は、相当です」

当主は困った顔で夫人を見ると、今度は夫人が口を開いた。

「語学はまあいいわ、見合いで外国語なんて飛び交わないでしょうから、実力を確かめられることもない。それより、平塚夫人のご趣味はお茶。今まで何度かお茶席をご一緒させていただいたこともありました。見合いの場に、わざわざ茶室を指定したということは、息子の見合い相手の本質を茶の精神から見極めようとしているのでしょう」

ベテラン茶道家は、茶道を通して相手がどれほどの器かわかると聞く。

「宮園グループの次期当主を務められるほどの大物令嬢であるのなら、日本の伝統芸であるお茶くらい流麗にできて当然。茶で相手を納得させられねば、正体はすぐに見破られます」

つまり幾ら令嬢として取り繕おうが、隠しきれない本性が暴かれる――そう言いたいのだろう。

でも逆にそれは、茶道で相手を納得させられれば、どんなに令嬢らしからぬ雰囲気であっても許されるということなのではないか。

「私が先に、あなたのお茶の腕を確かめさせてもらいます。あまりにひどければ、帰っていただきます。あなたを認めるわけにはいかない」

「そんな、今になって突然なにを……⁉　見合いまではあと一時間もないんですよ⁉」

累が反対するが夫人は軟化しなかった。

汐梨を閑の代理として認めなければ、困るのは閑を見合いに出せない夫妻側ではないのだろうか。

それなのに敵意を見せてくる夫妻に、汐梨はなにか違和感を覚え、ひっかかった。

（よくわからないけれど、累さんを安心させなくては）

「わ、わかりました。どうぞよろしくお願いします」

「しかし汐梨さん……」

「大丈夫だと……思いますので」

累に、にこりと笑って見せた時だった。ノックの音が鳴り響いたのは。

そして、ホテルの従業員の声がした。

「平塚様がいらっしゃいましたので、ご案内いたしました」

なにひとつ事前打ち合わせなどできないまま、先方が早く来すぎてしまったのである。

見合い相手は、平塚秋一(しゅういち)という。

汐梨よりひとつ年上で、野暮ったい瓶底眼鏡をかけ、やけに汗をかいて目を泳がせている。

宮園も扱いに困るほどの大グループの御曹司だというのに、累のような覇者のオーラはなく、逆に汐梨のような庶民臭さを感じてしまう。

秋一の彼の横には平塚家当主がいる。事業では宮園家当主と対立する気概を見せているかもしれないが、実際対峙する姿は毅然(きぜん)としているどころか、気弱そうに見える。薄い白髪頭をしきりに撫でているが、時折顔色だけではなく、小さな目まで白くなっていた。

(宮園家のご当主夫妻自体、眼光が鋭くて威圧的だし、顧問弁護士として累さんも同席しているトリプル効果かもしれないけれど、閑様の見合い相手としてはずいぶんと頼りない感じというか……)

こんなに早くから宮園家の面々が揃っているとは思っていなかったのだろう。父子の動揺が手に取るようにわかったけれど、ハイスペック令嬢の夫を希望しているにしては、役不足に思える。

茶席を所望した夫人はこの場にいない。急用ができたらしく、二時までには来る予定とのこと。沈黙が多いこの時間を茶席でやり過ごすこともできず、汐梨もどうしていいかわからずに戸惑った。

こちらから質問するだけの情報もないし、閑の両親も寡黙がちのため、司会進行役としての任も担っているらしい累が、いろいろと話題を振って助け船を出してくれるが、話が続かない。

(累さんがここまで誘導してくれるのなら、閑様としての予備知識はいらなかったかも。時代劇も見ることなかったような……)

しかし逆に、累がうまく立ち回りすぎて、話を断る口実に結びつけない。

(どんな切り口から断っていけばいいのかしら……)

二時を少しすぎた頃、ノックがなされてドアが開き、女性が入ってきた。

留め袖姿の女性は、その場で正座すると、手をついて頭を下げた。

「宮園様。遅れてしまい申し訳ありません。……秋一の母でございます」

そして上げられたその顔は――。

(……え⁉)

さきほど汐梨が帯を緩めた女性だった。

これはやばい。とにかくやばい。先刻、勤め先とともに本名を名乗ってしまっているのだ。

(ど、どうしよう……。今は着物姿だから、気づかれていませんように……)

「あら、あなただったの⁉　さっきはありがとうね」

願い虚しく、女性は早速気づいてしまったようだ。

「い、いえ、わたしは……」

「お洋服、私のせいで汚してしまい心配していたの。着物を用意されていたのね」

完全に、同一人物だと見抜いている。

（ト、トラブル発生しました、累さん……！）

しかしその頼みの綱は、驚いた顔で動きを止めている。

彼だけではない。夫人本人を除き、皆が呆然として固まっているのだ。

（え、なに……なに⁉　彼女は招かれざる客だったの？　でもなんで平塚父子まで？）

やがて累が神妙な顔で、パニックに陥っている汐梨に問うた。

「閑様は、秋一様のお母様とお知り合いで？」

「いえ、その……」

誤魔化すべきなのか、否定すべきなのか、正解がよくわからず汐梨は口籠もる。

すると平塚夫人が顔を綻ばせて言った。

「さっき帯が苦しくて困っていたのを助けてもらったのよ。若いのに着付けもできるし、礼儀正しいし。息子の見合い相手だったなんて、嬉しすぎる。早く息子の嫁にしたいわ～」

（ひ……。親切心が、逆効果……だったような）

この場でにこやかに賑わっているのは、平塚夫人だけだ。

その夫も息子も魂が抜ける寸前であり、累も宮園夫妻も硬質な顔をしたままだった。

「嬉しいわ～。息子の嫁になってね。仲良くしましょう？　閑さん」

閑と呼びかけられ、汐梨は驚いた顔をして夫人を見た。

彼女はふふと笑っている。

（どういうこと？　あの時にわたしが口にしたのは偽名で、宮園閑だと思っていたということ？　それとも閑様の偽者だとわかっているけど、わざと話に乗ってくれているってこと？）

「あらあら皆様どうなされたの？　強張った顔をされて。そうだわ、閑さん。茶道は？」

「す、少しならば……」

（うう、ここでいきなり茶道編に突入。弱みを握られているから夫人の言葉は、拒絶できない……）

本当に見合いを断れるのか不安になっていると、平塚夫人がぱんと手を叩いた。

「そうだわ、今回は宮園の奥様に点てていただきましょう。奥様のお手前は素晴らしいと伺いましたので」

閑の母親の腕前は相当のようだが、控え目に頷いた彼女は、左手で右手首をさすっていた。

それを訝しげに見ていた汐梨は、夫人の着物の袖から、白い包帯のようなものが見え隠れしていることに気づいた。

（やっぱり。右手、怪我をされているんだわ）

茶道は流れるような美しい所作を大切にする。さらに言えば、手首は作法において要の関節だ。

このままでは手を悪化させるだけではなく、場合によっては宮園夫人の名も穢してしまわないか。

（わたしは、累さんを始めとした宮園家の体面を保つためにここにいるのよ）

汐梨は意を決して申し出た。

「あの、わたしが……お茶を点ててもよろしいでしょうか」

累と宮園夫妻の驚いた顔が目に入る。なにか言いたげな累を制するようにして、汐梨は言った。

「まだ若輩ゆえに未熟ではございますが、わたしなりに皆様をおもてなしいたしたく」

すると平塚夫人は喜んだ。

「それは大歓迎です。よろしいですわよね、宮園の奥様。お嬢様が亭主のお茶席で」

それは有無を言わせないほどの力を持ち、そして宮園夫人は了承せざるをえなかった。

ハードルを上げてしまったことは、汐梨も自覚している。

失敗したら許さないとでも言いたげな、宮園夫人の強い眼差しを、ひしひしと感じる。

それでも汐梨にできる最善は、宮園夫人の手を休ませてあげることだ。


隣にある四畳半の茶室――。

最上位席となる正客（しょうきゃく）の位置には平塚家の三人が座り、その横に宮園夫妻、末席には累が座っている。

びくびくとしている秋一を除き、皆、茶道の心得があるのか居住まいを正した姿は堂々としていた。

静まり返る中、汐梨は茶を点てでもてなす亭主となり、湯が沸く釜の前で畳に並べられた道具から、必要なものを自身の周囲に寄せる。腰につけた帛紗を畳んで道具を清め、釜の蓋を開け、柄杓（ひしゃく）を手に取った。

どれもが惑うことない慣れた手つきで、寸分の無駄なく美しい所作である。

やがて黒っぽい紫竹の茶筅（ちゃせん）で、茶杓（ちゃしゃく）で入れた抹茶を練り、とろみがついたところで終了する。

できあがった濃茶は汐梨の一番近くにいる平塚夫人から、順に碗を回して飲まれていく。

秋一父子が覚束ない作法ではあったものの、それ以外の者たちの所作は申し分がない。

茶が汐梨の元に戻ると、汐梨と客たちは深々と頭を下げ合った。

「大変美味しく頂戴しました」

そう満足げに言ったのは、平塚夫人だった。

「恐れ入ります」

「正直、ここまでの腕とは思っていませんでした。ずいぶんと慣れていらっしゃるようだったけれど、あなたはいつから茶道を始められたの？」

「……六歳からです。尊敬する先生が亡くなってしまってからは、昔ほどお稽古をしておりませんが」

それは嘘ではなかった。子供の頃、あるイベントで無料開催されていた子供用のお茶会に参加した際、和菓子と薄茶がとても美味しく、愛里とふたり、親にねだって稽古に通わせてもらっていたのだ。

愛里は途中でやめてしまったが、汐梨が長く続けたのは、その女性師範を尊敬していたからだ。

多感な思春期に、愛里への嫉妬を抑えられたのは、茶道を通して師範から教えを受けたおかげである。

「六歳！　その先生は閑さんに、お茶を通してなにを教えられたのかしら」

汐梨は、大学生の頃に亡くなった、師範の言葉を思い出しながら言った。

「随処に主と作れば立処皆真なり……先生が教えてくださった中で、特にこの禅語が心に響いておりまして。『どこにいようとも動じず、自分らしく生きよ。自分を信じて頑張れば生きる意味が見つかる』……わたしはそう受け取り、どんな時でも希望を忘れずにいたいと思っています」

だからこそ、二番目止まりという厳しい現実に直面して泣けなくなっても、挫けずに生きてきたのだ。

汐梨から澱みない返答を受け、平塚夫人はふふと笑った。

「そう。それがあなたの強い芯となったのね。それと閑さん、Isn't Urasenke your specialty?（あなたが得意とするのは、裏千家ではないのですか？）」

突如流暢な英語で質問され、汐梨は面食らいながら、なぜわかったのかと驚いた。

「閑さん、フランス語で答えていただける？」

「は、はい。C'est exact. Dans quelle partie pensiez-vous cela ?（その通りです。どの部分でそう思われたのですか？）」

すると今度はドイツ語で返ってくる。

「Denken Sie selbst dar?ber nach. Die Teezeremonie ist tief.」

（ええと、Teezeremonieは茶道の意味だったから、〝自分で考えてみてください。茶道は奥深いです〟

……っていうところかしら）

汐梨は深々と頭を下げて言った。

「勉強不足で申し訳ありませんでした。改めてよく茶道を学ばせていただき、精進させていただきます」

そう謙虚に告げると、平塚夫人は満足げに笑った。

夫人の指摘通り、汐梨が習ったのは裏千家という流派だ。師範亡き後は茶道から遠ざかっていたものの、カルムで茶道は必修だった。どんな流派でも対応できるよう学ばせられたおかげで、宮園夫人や平塚夫人の正座の仕方、お辞儀をする時の手の揃え方、茶室への入り方などから、裏千家とよく似た武者小路千家（むしゃのこうじせんけ）と呼ばれる流派の茶道を嗜んでいるのではと推測したのである。

宮園夫人の娘を演じるのなら、同じ流派の作法をするのが望ましいと、帛紗の畳み方や、茶道具の置き方など、細かなところに気を配っていたつもりだったが、ミスをしてしまったらしい。

平塚夫人が笑顔を見せたままなのは、不慣れな流派であっても、もてなそうとした汐梨の心を汲み取ったからなのかもしれないが、それにしてもなぜ閑のふりをしているのかと言及してこないのだろう。

怒り出さないことがかえって、汐梨には不可解で不気味だった。

彼女がなにを考えているのか、懐疑的になっていたのは累も同じだったようだ。

怜悧（れいり）な目を細めて、なにかを考えこんでいる。

「宮園さん、結婚式はいつにしましょうか。私、閑さんとの縁談、本当に嬉しく思っていますのよ。閑さんはお写真と同じく美人さんだし凄く謙虚でいい子だし。こんな子が私の義娘になってくれるなんて。宮園さん、これからも末永いお付き合いをお願いしますね。ねぇ、あなた」

平塚夫人の汐梨に対する好意が、目論見を狂わせていく。

（どうしよう、このままだと見合いを了承しないといけなくなる……）

引き摺られてしまいそうな夫人のパワーだ。平塚の当主は妻に圧倒されたのか、促されるがまま。

この流れを断ち切ろうと、待ったをかけたのは累だった。

しかし夫人はそんな累を一瞥すると、ふふんと笑ってみせる。

「なあに、仲良くしてはいけないの？　まるでお見合いを断ろうとしていたのを、私が邪魔して掻き回しているみたいな、迷惑そうな目を向けてくるのね」

（この奥方、表情をあまり変えない累さん相手にそこまでわかるなんて……洞察力も観察眼もすごいわ！）

「そういうわけでは。見合いというものは、本人同士の意思が大切かと……」

「本人？　秋一はいいわよね。できすぎるくらいの女性だし。ね？」

秋一は母親に急かされ、呻くようにして肯定する。

「閑さんも、受けてくれますわよね。うちの子、ちょっと寡黙がちでとっつきにくいところがあるかもしれないけど、好きになってもらえると思うの。ああ、早く子供が見たいわ。気が早いかしら！」

（ああ、どうすればこの話を断れる？　奥方を納得させられる？）

好意は嬉しい。しかし、結婚する気などないのだ。最初から。

（ひとを信用させるためには……真心を見せるしかないか）

『どんなトラブルでも、真心こめて接客せよ』

それはカルムの基本精神でもある。

取り繕ったものを見せ合うこの場で、相手を信用させられる真心とはなにか。

汐梨にとっての真情は――。

汐梨は累に覚悟の眼差しを向けてから、少しうしろに下がって座礼をする。

「申し訳ありません、平塚様。このお話、お断りさせていただきたく」

汐梨は下手な小細工をやめ、ストレートに気持ちを伝えることにした。

「理由を教えてくださる？　息子をあなたの伴侶に選ぶことができない理由を」

汐梨は真摯な面持ちで、率直に夫人に訴えた。

「わたしには……お慕いしている男性がおります」

口にした瞬間、場の空気が緊張にピンと張り詰めた気がした。

そう思えたのは、汐梨にとって生まれて初めての告白だったから、なのかもしれない。

宗佑とは流されるようにして付き合った。愛されると思うことで愛している気になった。

累に対しては、そんな受け身の穏やかなものではなく、もっと自分の中で動くものがある。

本人を目の前にして、遠回しにしろ、大胆に告白してしまうくらいのものが。

「お付き合いしているの？」

夫人は逆上せず、優しく問うてくる。それが汐梨の勇気を奮い立たせた。

「付き合っては……いません。ですがどこまでも特別な……忘れられない男性なんです」

汐梨は累との記憶を思い出しながら、真情を吐露する。

「何度も、うしろを向いたり立ち止まりそうになるわたしを、救ってくれました」

――シオリさんは、感情をもった人間なんです。

――少しは……気分転換できましたか？

「彼はわたしと似ている女性を見つめ、わたしが今まで見たこともない素顔を見せます」

――まあ、特別といえば特別ですね。手間はかかりますが。

閑のことを、楽しげに語る累の姿を思い出す。

「わたしは彼の一番にはなれない。わかってはいるのに……もらったものがとても大きすぎて、彼を忘れたり思い出に変えることができません。好きだという気持ちとともに、彼がそれまでにしてくれたことが本当に嬉しかったから、せめてもの感謝に代えて、彼が幸せになれるよう応援したい。遠くからでもずっと」

もし累が自分と同じ顔の閑と結ばれたら、宗佑のように泣かずにいられる自信がない。

だけど累の幸せを願い、笑顔で祝福したいとも思う。時間がかかっても必ず――。

「たとえ彼にとってわたしが二番目でも、わたしにとって彼は一番なんです。誰も代わりができない。それに気づいたのは最近のことですが、もっと前からわかっていた気がします」

哀切な声は最後に震え、涙混じりとなった。

「……これがわたしの本当の気持ちです。……申し訳ありません。たとえこれが政略的な縁談で、片想いなら時間が解決してくれると思われていたとしても、わたしは秋一さんとの子供を……産めません。妻としての義務を果たすことができません」

しんと静まり返った部屋の中で、口を開いたのは累だった。

「好きな方が……忘れられない方が、いらっしゃるんですね」

「はい」

それは累なのだと言いたいのを堪えて、汐梨ははっきりと肯定した。

「もしその方以外の男性に、二番目でもいいから愛してくれと言われたら、どうしますか？」

端正な顔は、悲痛さを色濃く出している。

「二番目はつらいものです。お断りするだけです」

「それでもあなたが欲しいのだと！　そんな男よりも自分が幸せにしたいのだと！　そう懇願したらどうなさいますか」

「お断りします」

「俺は——‼」

累が珍しく声を荒らげた時、それを遮るように平塚夫人が言った。

「あなたに一途に愛される男性が羨ましいわ」

そして、宮園家当主に言った。

「親であれば子供の幸せを一番に望むもの。二番目であってはいけませんね」

その声は迫力があった。

「今どき政略結婚などはやらない。子供の意思を尊重したいと思います。もしも今日のことをご縁に、息子を一番目に愛してもらえる可能性がでたら、またこうした場にてお会いしましょう。ひとまず今回の見合いは、不成立ということで。それでよろしいですね」

てきぱきと取り仕切る夫人は貫禄（かんろく）があり、宮園夫妻の方が恐縮している。

「は、はい……。ご足労いただいたのに、こんな結果にて……申し訳ございません」

「とんでもない。彼女の本音を伺えてよかったですわ。ただ……」

平塚夫人は汐梨を見る。

「私は息子の件以上にあなたが気にいったから、また会ってくれるかしら。着付けを教えてもらったり、お茶会をしたりお花を生けたり、いろいろ楽しみたいの。茶道だけではなく華道も嗜んでいらっしゃるのでしょう?」

「は、はい。作法はわかりますが、大した腕前では……」

「いいの、いいの。それらを通してお話をしたいだけだから。……あ、後日、よくも縁談を潰したと脅したり卑怯(ひきょう)なことはしないわ。ここで皆さんの前で誓います」

「そ、そんなこと……! こんなわたしでよければ、よろこんで」

汐梨がそう答えると、平塚夫人はにこりと笑って、終始固まったままの夫と子供を促した。

「ではこれで」

こうして――過程こそは予定外にはなったものの、汐梨の愛の告白が真に迫っていたことにより、予定通り見合いは破談ということで幕を閉じたのである。

「あなた……二十年以上も裏千家の茶道をなさっていたのね」

「はい。しかし先生亡き後はブランクがあり、今は仕事に関係することでしか茶道に携わっておりません」

「ねぇ、あなたのお茶の点て方を見て、私……ある方を思い出したのだけれど、もしかしてあなたがお茶を習ったのは、藤波宗照(ふじなみそうしょう)先生？」

途端に汐梨は驚いて頷いた。

「やはりね。あるお茶会でご一緒させてもらったことがあったの。とても謙虚で慎み深い方でした。私もこうなりたいと思ったものよ」

汐梨の師を語る夫人の表情は、とても柔らかい。

「それと、あなたがお茶を点てると言い出した理由を聞いてもいいかしら。腕に自信があったから、という理由ではないんでしょう？」

「……はい。その……奥様の右手首、怪我をなされていることに気づいて。茶道はゆったりとした美しい動きを重視します。釜の蓋も結構な重さでしょうし、茶筅(ちゃせん)を使用する時もおつらいかと思いまして」

「……そして、満足にお茶を淹(い)れられなかった時に、私や宮園になんらかの汚名がつくことを怖れた？」

「それもあります」

「だったら……御礼を言わないとね。あなたの機転で私はひびが入っている手首を使わずにすみ、お茶を通しての名声も守られ、宮園も無傷ですんだ。あなたに対して好意的な態度ではなかったのに、そこまで考えて動いてくれて、どうもありがとう」

夫人は深々と頭を下げたのだ。

「奥様、お顔を上げてください。わたし、大それたことはしていませんので！」

「あなたも先生と同じく、実に謙虚で優しい心の持ち主ね。あちらの奥様が気に入られたのがよくわかるわ。なにより、あなたが文句のつけようがないほど美しい所作で淹れてくれたお茶は、とても美味しく素晴らしかった。澱(よど)みない極上の味……それがあなたの本当の人柄だと、私は思うわ」

「そ、そんな……。もしそう思われたのなら、それは先生とカルムの教育のおかげです」

照れる汐梨に微笑み、夫人は当主を呼んだ。

「あなた。汐梨さんは語学の方も申し分なかったわよね?」

「……ああ。実はきみに野心があって、我々に取り入ろうとしているのだと疑い、いろいろと妻と難癖つけようと思っていたが、ここまでの逸材とは思わなかった。宮園系列のホテルでこんな優秀なスタッフが育っているのは、私も鼻が高い。……累。いいだろう、認めよう」

「汐梨さん。会って早々、悪かったね。これからもよろしく頼むよ」

当主はぽんぽんと累の肩を叩いたが、作り笑いをする累の顔はどこか暗いものだった。

夫妻の態度が軟化したことにほっとしながら、汐梨は笑顔で当主が差し出した手を握り、頭を下げた。

(累さんの顔も立ち、見合いもうまくいったのならよかった。だけど……)

〝これからもよろしく頼むよ〟

これはホテルのスタッフとしてという意味なのだろう。

役目を果たせば、もう関係はないのだから。

——ご当主方を家に送り届けてきます。必ず戻りますから、ここにいてください。

累に何度も念を押されたが、彼や律に渡したいプレゼントもあるため、汐梨は着替えて待つことにした。

(見合いは円満に断れたはずだけど、なんだろう、累さん……なにかいらいらしていたような……)

愛を語ったのは不味かったのだろうか。もしかして累は、自分に言われていると悟り、別れ間際に未練がましいと疎ましく思ったのでは……そう思うと気分が重くなってしまった。

戻ってきた時に、いろいろと謝らないといけないのかもしれない。

ため息をついていると、接客を終えたばかりの、先に世話になったコンシェルジュと目が合った。

(独自判断でお客様の意思を尊重して動いてくれて……すごく嬉しかったな。わたしもやはり、よりお客様に寄り添えるコンシェルジュになりたいわ)

希望を胸に、コンシェルジュに無事に終わったことを報告すると彼女は喜んだ。そして特急でクリーニングに出したワンピースと、汐梨に渡してほしいと頼まれたという紙袋を渡してくれた。

(え、誰からだろう……)

紙袋には、サマードレスとメッセージカードが入っていた。

『御礼の代わりに。いろいろとありがとう　よければメールでやりとりしたいわ！　咲花』

それは平塚夫人からだとすぐわかった。咲花の読み方がわからなかったが、カードの下にはメールアドレスが添えられていた。そのアドレスから、えみかという名だろうことが推測できた。

（もしかして、遅れてきたのって、このドレスをわざわざ買いに？）

息子の大事な見合いを控えているのに、なんと義理堅い女性なのだろう。

買ったところで、汐梨がホテルを出てしまっている可能性もあるのに。

汐梨がまだホテルにいるという確信があったのだろうか。

（見合い相手の写真と同じ顔をしていたから、わたしの動向は予測できた……にしては、最初からまるで驚いてなかったような。しかもわざわざ名前を聞く必要もないだろうし。閑様ではないと思ったからカマをかけたとか？　見合いの場でそれを言わなかったのは、わたしに恩を感じて言い出せなかったから？　……それにしては見合いを受けようと、ノリノリだった気も……）

頭の中はハテナマークだらけだが、とりあえずメールで贈り物の御礼と、私情を押しつける形で見合いを断ったことに対する謝罪を述べると、早速返事が戻る。

『お見合いはご縁だから、お気になさらず。むしろあなたに愛される男性を羨ましく思い、そしてあなたの背を押したくなりました。いい恋を育ててくださいね。今度ホテルに泊まりにいかせてもらうわ、汐梨さん』

（わたしの名前を漢字で知っているのはなぜ？　もしかホテルに電話して聞いたとか？）

問い合わせれば、汐梨が閑ではないことなど、すぐにわかるだろう。

だとすれば咲花は、汐梨が身代わりに見合いにきたと知った上で、閑として扱ってくれたことになる。

さらに偽者が見合いを断っても気分を損ねることなく、うまく収めて引いてくれたのだ。

（わたし、こんな優しい方にとんでもないことを……）

咲花を騙したことが悔やまれる。いつか、誠意をもってお詫びしたいと思う。
ここまでしてもらって、なにもなかったかのように振る舞えない。

（彼女が平塚夫人で、本当によかった……）

だからこそ平和的に終えられたのだ。

正直、息子である見合い相手の印象はまるでないし、ふたりで会話もしていない。

本来主役であるべきなのに、彼は父とともにずっとおどおどして挙動不審だった。

（まあ、宮園家当主夫妻に累さんがいたら、迂闊なことも喋れずに緊張するのはわかるわ）

堂々としていたのは咲花だけだった。

平塚家というのがどの程度の規模の名家かは知らないが、これだけ宮園に怯んで萎縮してしまう相手と、よく縁談が持ち上がったなとも思う。累の話から、もっと宮園を脅かす存在だと思っていた。

これなら、身代わりをたててまで見合いを敢行せずとも、累づてで縁談を断ってもすんなり受け入れられたのではないか。しかも後々影響出ることなく。

（もしかして平塚夫人が、宮園家当主ですら辟易するやり手の方だから、安易に断れなかったのかしら。夫人、見るからに女帝の貫禄はあったし……。そう思えばますます、彼女が引き下がってくれてよかったわ）

そんなことを思いつつ、汐梨はレンタル衣装を返却し、精算しがてらサマードレスに着替えた。

白地のシフォン生地にヒマワリの柄がついた、ロング丈のドレスだ。

肩が出るのは恥ずかしいが、今日はとにかく暑いからちょうどいいのかもしれない。

クリーニングしたばかりのワンピースは、そのまま累に返そうと思った。

そしてさらに待つこと十分。先に電話を寄越した累が、ホテルに戻ってきた。

「お疲れ様でした」

汐梨は笑みを浮かべて累を出迎えた。

「その服は……」

「さきほどの平塚夫人に、御礼にといただきました。あのお見合い……大丈夫だったでしょうか。わたし、出過ぎた真似をして、ご迷惑をおかけしたのでは……」

「いえ……。両親も納得したようです。あなたの愛の告白が、最後に後押ししたみたいで」

それにしては累の表情は曇り、言葉もどこか刺々しい。

「もしやご令嬢があいうことを言うのは、はしたなかったのでは……」

「俺としては、聞きたくなかったものですが……結果オーライです。成功です」

聞きたくなかった——それは、彼への告白だとわかっていての感想なのだろうか。

(ああ、なにか泣きそう。宗佑の時には出なかった涙が、今にもこぼれてしまいそうだわ……)

じんわりと目頭が熱くなり、それをぐっと堪え、汐梨は深く頭を垂らした。

「最後に勝手なことをしてしまい、申し訳ありませんでした」

「頭をあげてください。俺はそんなことをさせたいわけじゃ……ああ、くそっ!」

かなり苛立っているのがわかる。

（一緒にいたくないのかもしれない。御礼をして早く帰らなきゃ……）

汐梨は控え目に微笑んで言った。

「これ、お借りしていたピンクのワンピースです。ホテルで綺麗に染み抜きとクリーニングをしてもらいました。二度袖を通してしまいましたが、おいやでなければ閑様に。閑様の方がお似合いでしょうから」

袋を差し出しているのに累は受け取らない。ただ切れ長の目に、険しさが走っている。

（怯むな、笑え、笑え。最後の時くらい、じめっとするな）

「サボテンもお返しすべきとは思ったのですが、ルーはいただいてもよろしいでしょうか。可愛がって育てますので」

累は無言を貫いたままだ。

（こんな関係になりたいわけじゃないのに）

だったら、累に向けたあの言葉を取り消せば、彼の機嫌は直るのだろうか。

しかし汐梨はなかったことにしたくはなかった。

あれは累に向けた、真実の愛の言葉なのだ。

あの場限りであろうとも、好きだという気持ちだけでも残したい。

（一番目にしてほしいなんて言わないから、せめてそれくらい許してほしい）

汐梨は累の態度に気づかないふりをして、続けることにした。

「それと……これ。累さんに。わたしの見立てで申し訳ありませんが、お仕事でも大丈夫そうなネクタイを選びました。使っていただけると嬉しいです。それと、りっちゃんさんはいらしてますか」

「……律は仕事中ですが、呼びますか？」

無機質的な表情をする累から、まるで機械のような抑揚のない声が吐き出される。

悲しくなりながらも汐梨は笑顔に努めた。

「いえ、結構です。ではりっちゃんさんにお渡し願いますでしょうか。お恥ずかしながら、りっちゃんさんのお顔をよく見ておらず、ネクタイがイメージできなかったのでネクタイピンですが。いろいろと連れていっていただき、ありがとうございましたとお伝えください」

しかし累は受け取らない。手を伸ばさず、代わりに汐梨を睨んでいるようにも見える。

怒りと悲しみをない交ぜにした眼差しで。

やがて、戸惑う汐梨に向けて、累は重々しく口を開いた。

「……汐梨さん。これらはすべて受け取れません。いや、受け取りたくない」

累は顔を硬化させると、詰るように吐き捨てた。

「こんな、今生の別れのようなものは！　なぜ、そんなことを考えるんです⁉」

汐梨は悲しげに笑う。

「リセットです。〝本来あるべき正しい形〟の。累さんから改めて告げられずとも、わかっていますから。だからここで失礼いたします」

そして汐梨は砕けそうな心を奮い立たせて、とびきりの笑みを見せた。

「累さん、わたしに……夢を見させてくださり、本当にありがとうございました。本当に楽しく、そしてシンデレラになったかのような幸せな時間をいただきましたこと、いつだってわたしの背を押してくださいましたこと、生涯忘れません。これからは累さんのご活躍とご幸福を、遠くからお祈り……」

「——ふざけるな！」

いつもの穏やかさなどなにもなかった。累の剣幕に、汐梨は震え上がる。

「なにが〝わかっている〟？　ねぇ汐梨さん、あなたはまた俺を、いらないものだと切り捨てる気ですか」

「切り捨てたりなんか……！」

「あんたが俺に、言ったんだろうが！　『信じ続ければ、必ず一番に思ってくれる人が現れる』って。信じても信じても、いつも希望だけを抱かせて、あんたは消えようとする。こんな残酷な仕打ちばかりするのだったら、いっそのことあの時に、俺を見捨てればよかったんだよ！」

声を荒らげて激高する、累の言葉の意味が理解できない。

——自信と希望を持って。必ずあなたを一番に思うひとがいる。

あの夜、そう言ったのは累の方だ。

（なんのこと？　だけどなんでわたし……彼らしからぬこのぞんざいな口調に聞き覚えがあるの？）

〝あの時〟——累はそう言った。それは、いつのことを言っているのだろう。あの一夜にその記憶がない。

それより以前なら、ＢＡＲでのことなのだろうか。

累の怒声に周囲がざわついていた。

累はチッと舌打ちすると、汐梨の腕を掴んで歩き出す。

「あの、どこへ……」

累はそれに答えることなかった。


エレベーターで連れられてきたのは、上階のセミスイートルームだった。

フロントを通していないのに、なぜか彼はルームキーを持っており、ドアを開ける。

「あ、あの……累さん！」

セミスイートは、スイートルームのようにリビング部とベッドルーム部が独立しておらず、一体型になっている所が多い。このホテルのセミスイートも同様であり、その広さは百平方メートルはあるだろう。

（人の目を気にせずに話せる所に場所を変えたのだと思っていたけれど、これは話すというより……）

本能的危機感を抱いた瞬間、累は無言のままダブルベッドの上に汐梨を放った。

上質のマットに大きく跳ねる間、累は背広とネクタイを放り捨て、汐梨に覆い被さる。

両手首を押さえられ、荒々しく唇を貪られた。

「んんっ⁉」

逃げても執拗に追いかけて来る唇。やがて舌をねじ込まれ、汐梨の口腔を壊すかのように暴れた。

（こんなの……累さんじゃない！）

汐梨の心を溶かすような優しさはなく、強い激情がぶつけられている。

累の唇は汐梨の剥き出しの肩に噛みついた。

その痛みが彼の怒りを伝えているのだと悟った瞬間、汐梨は静かに目を閉じて抵抗をやめた。

……累は汐梨を何度も救ってくれた恩人だ。

自分が見合いで告白したことが原因で、彼を怒らせてしまったのなら。

なにかもてあます感情をぶつけたいのなら、甘んじてそれを受けよう。

彼が望むのなら、たとえぼろぼろになろうとも構わない。

ただ――。

(好き……)

それを否定しないでほしい。

累のためだけに咲いた花を、毟り取らないでほしい。

愛でろとは言わないから、ひっそりと咲かせたままにしてほしいのだ――。

「どうして……!」

突如動きを止めた累は、ぎらついた目を向けた。

「そんなに震えているのに、どうしていやがらない⁉　いやだと、助けてと、あいつの名を呼べよ!」

(あいつ……?)

「俺を捨てるのなら、もう……あんたのことを思い出さずにすむくらい、無惨に打ちのめせよ」

累の目から、涙が一筋頬に伝い落ちた。

「なにをしてもあんたの一番になれないのなら。あんなゲスにずっと操をたてるというのなら。いっそのこと……俺にとどめを刺して息の根を止めろよ。あんたのことを完全に忘れさせてくれよ……！」

咆哮（ほうこう）する累は凄惨に顔を歪ませ、どこまでも痛ましい。

「俺の気持ちまでも押し返して、すべてをなかったことにして！　こんなことをする俺を、当然のように受け入れるなよ。捨てるつもりなら、俺に……希望を抱かせるなよ！」

意味がわからない。

だけど、彼はなにかを誤解している気がする。

汐梨は咄嗟に起き上がると、彼の体を抱きしめた。

「いいんです……。累さんが望むなら、なにをされても」

「だからそういうこと……！」

「累さんが……好きなんです」

累はびくっと体を震わせた。

（拒絶反応なの……？）

汐梨は泣きたくなった。そして同時に悟る。

彼との間に流れていた心地よい空気は、汐梨が作り出したものではないことを。

汐梨が今まで受け身でいられたのは、汐梨を理解しようとしてくれた累のおかげなのだ。

しかしその累が汐梨の理解を拒むのなら、汐梨が頑張るしかないのだ。

累にどうしてもわかってもらいたい気持ちがあるのなら。

「見合いの時に言ったのは、あなたに抱いていたわたしの本当の心です。……だからわたしを愛してくれとか、そんなおこがましいことは言いません。だけど……想い続けさせてください。わたしの中で、一番の男性のままでいさせてください。お願いですから！」

累から返答はない。汐梨の目にじわりと涙が滲む。

「なにも望まないから、わたしから……あなたを好きだという気持ちを取り上げないで！」

悲鳴混じりの声に、ようやく累は焦った声を出した。

「ちょっと、ちょっと待ってくれ。今、頭が混乱して……」

この愛情は、どんなに訴えても、深く考えなければ許容しがたいものなのだろうか。

ますます傷ついて暗い顔になる汐梨を見て、累は慌てて彼女の双肩を掴んで問うた。

「あいつは？」

漆黒の瞳は動揺のために激しく揺れている。

どこか疑わしげで、それでいて切実な表情を受けて、汐梨は戸惑いの声を発した。

「それ……誰のことですか？」

「あんたの元彼」

汐梨の全身から、熱や涙が一気に引いた。

「なんで宗佑が出てくるんですか?」

累は眉間に皺を刻むと、ゆっくり、ひと言ひと言噛みしめるようにして口にした。

「昨日、ホテルでいやがらせをしたふたりを許したのは、ふたりが愛し合っているという現実を突きつけられ、まだ消えない気持ちがあることを再確認したのでは?」

「……はい?」

まるで心当たりのない汐梨は、訝しげに聞き返した。

「あんたが許しても俺は許さないと言った時、あんたは慌てて止めた。彼らは後悔しているかもしれないと。そんな風に思って俺を制するのは、未練という情があるからでは?」

「いえ。累さんが、弁護士にはあるまじき非道な手段にて宗佑に仕返しをしそうに見えたので、止めたんですが……。宗佑たちのために、輝かしきキャリアを棒に振らないようにと」

しばし沈黙が流れた。

「だったら、見合いの時の告白は……元彼へのものではないと?」

「違います。累さんにその……慰めていただいてから、宗佑とのことは完全な過去として、前を向いてきました。愛などありません。いやがらせを受けた時も、気持ち悪いとしか思えませんでしたし。さっきも言いましたけど、見合いの時に言ったのは……累さんへの気持ちです」

すると累はなにか言いたげに口を開くが、言葉が出る前に深く項垂(うなだ)れてしまう。

「じゃあなぜ……。一番になれないとか、あなたによく似た女性を見ているとか、そんな紛らわしいことを言ったんですか。俺、てっきり……」

「そのままを語ったんですが。累さんにとっては閑様が一番で、わたしは身代わりにしかすぎません。どんなに望んでも、わたしが累さんの一番にはなれないから……」

「なぜ閑が？　昨日、誤解はとけたのでは？」

詰るように言われて、汐梨は小さくなりながら答える。

「……あの場限りの、累さんの優しさかと。その……閑様のことは特別だと言い切ってましたし、閑様を語る累さんの顔が、本当に楽しげでしたから」

「そりゃあ、閑は楽しい奴だし、嫌いではないですが、あくまでそれは……オムツまで替えて面倒を見た幼馴染としての好意であって、恋愛の要素はまったくない。……まさか誤解されたままだとは。だったら、ルー以外をすべて返し、別れを宣言したのは？」

「……リセットを累さんが望んだからです。確かにわたしは、累さんとの関係が心地よくて調子に乗りすぎていました。このままずっと一緒にいられるような気になって。だけど、累さんとわたしは、立場的に対等の関係ではない。正体を隠していた昔ならともかく、あなたは閑様とつりあうような雲上人(うんじょうびと)なので……」

続きが言えなくなったのは、累に唇を奪われたからだ。

汐梨の気持ちを確かめるように優しく、同時に不安げに押しつけているだけのものだ。

「……俺は、そんな意味でリセットという言葉を使ったんじゃない。本来あるべき形と言ったのも、終わりにして線を引こうとの意味ではない。俺の元から去ったあなたが、今俺のそばにいるのは……期間限定の見合いがあったから。だけど本当はそうじゃない。俺はあなたと再会した時に、言いたかった」

累はじっと汐梨を見た。

「ずっと汐梨さんが好きだったと。愛しているから、あなたを抱いたのだと。俺と付き合ってほしいと」

どこまでも真剣に、痛いくらいの真っ直ぐな眼差しを向けてくる。

「え……。でもＢＡＲでそんな素振りは……」

「昨日、俺が養子だとわかった時、荒れたと言ったでしょう?」

「ええ……」

「喧嘩三昧で不良化していまして、不意打ちを食らって血を流して倒れたことがあるんです。こんな汚い路地裏で死ぬのも、実の親にも捨てられた自分にはお似合いの最期かもしれないと。きっとここで朽ち果てても、誰ひとり気づいてくれないだろう、と」

今の彼からは、そんな廃れた過去があったようには思えない。

「……俺、苦しかったんです。自分がいてもいい居場所が見つからなくて。今思えば、父に張り手のひとつでもしてもらえれば、それで満足できたかもしれない。怒ってもらえたのは、家族の証だと。だけど現実は、俺が荒んでも、叱るどころか心配する家族もおらず、存在をスルーされていました」

累は自嘲気味に笑った。

「だから、出血して倒れた時、ようやく苦しみから解放されると、自棄を通り越して清々しい気分でいました。だけど、そこに若い女性が通りかかったんです」

どくん。汐梨の心臓が跳ねる。

（まさか……あの時の高校生は……）

「幽霊のように希薄な存在だった俺に、彼女だけが気づき、助けようとしてくれた」

汐梨の中の記憶が再生される。

——放っておいてくれよ。死なせてくれよ。

——生きても死んでも、誰も気づきやしないんだから。

——俺の代わりはいるんだ。俺を心配し、必要としてくれる奴なんて誰もいない。

「彼女は、そんな俺を叱り飛ばしました。『だったら、今きみを心配して、きみを死なせないように必死になっているわたしはなんなのか』と。『過去ではなく、今いるわたしを見ろ』と。死ぬな、生きろと……彼女は……汐梨さんは、全身全霊で繰り返し説き、俺を生かそうとしてくれた」

あの時、汐梨はとにかく焦っていたのだ。顔色は白いし、体温が低くなる彼に。

「累さんだったんですね、あの時の高校生は」

「ええ。あなたは救急車を呼んで病院に連れて行こうとしたけれど、俺は喧嘩して死にかけたことを、エリート家族に知られたくなかった。これ以上惨めになりたくなくて……あなたを困らせた」

蒼白な顔をしながら、病院はいやだと懇願する、ワケあり高校生。

自分を見てくれと全身で訴えている痛々しい彼に、汐梨は共鳴したのだ。

彼を死なせまいと、近くのホテルに飛び込んだのは、本能だ。

「あなたに助けられて、俺は今ここにいる」

累は泣きそうな顔で笑った。

「助けてくれたのはホテルの方々です。わたしもパニックになっていて、力をもらいましたから」

「……俺の体を助けてくれたのはホテルのスタッフかもしれないけれど、俺の心を救ってくれたのは汐梨さんです。俺、覚えているんです。あなたは、見ず知らずの俺の手を握り、温もりをずっと俺に与えてくれていた。底なし沼のような暗闇に足を引っ張られる夢を見ていた時も、あなたは引き上げてくれた。『大丈夫だから、わたしがそばにいるから』って」

死なせてくれと、叫んで痙攣しながらうなされていた少年。

彼の闇が深すぎて、汐梨は泣きながら彼を励ましていた。

峠を越し、目を開けた彼はじっと汐梨を見ていた。

それは無機質な黒いビー玉のような目ではなく、涙できらきらと輝いていた。

生者の持つものだった。

——ずっと、あなたは俺のそばにいてくれる?

成り行きだったとはいえ、そばにいると答えたらそれは依存になる。

汐梨は微笑むだけに留めて、今はなにも考えずに眠れと少年の目を閉じさせた。

——信じ続ければ、必ずきみのことを一番に思ってくれる人が現れる。

——わたしも、どう頑張っても誰かの一番にはなれなくてつらいけれど、いつかわたしのことを一番に思ってくれるひとに巡り会えるって思っているわ。その希望があるから生きている。

いつも自分に言い聞かせていることを口にすると、少年はこくりと頷いて安らかな寝息をたてた。

それを確認して、汐梨は部屋を出たのだ。

彼に幸せが訪れることを心から願いながら。

「俺のことを一番に想ってくれる人が現れるのなら、あなたがいいと思いました。そしてあなたのことを一番に想うのも、俺がいいと思ったんです。あなたにとってはただの慰めの言葉だったのかもしれない。だけどあなたは、俺が欲しい言葉と希望をくれた」

累は愛おしげに汐梨を見つめ、その頬を撫でた。

「あの時から、俺はあなたに恋をしました」

その眼差しは切なげで、そして愛情に溢れるものだった。

「希望を抱けば必ずあなたに行き着く。あなたとの出逢いを無意味にしないよう、俺もあなたと同じく救いを求める者の力になりたいと思った。初めてそこで、世から見捨てられることが多い、社会的弱者を救える弁護士になりたいと思えたんです。奇しくもそれは両親が求めているもので……目標ができたからか、俺は落ち着いて勉強するようになり、すると家族も俺を見てくれるようになった」

それは本当によかったと思う。

今まで累から当時の面影を見いだせなかったのは、彼が完全に前を向いていたからなのだろう。

あの頃とは別人の如く、生まれ変わった彼は弁護士としての道を歩いていたのだ。

「あなたに会いたかった。そして今の自分を見せ、ひとりの男として求愛したかった。しかしあなたへと繋がる、わずかな手がかりも得られないまま時は過ぎ、ある日、仕事のクライアントであるＢＡＲのオーナーに会いに行ったら、あなたを見かけ……驚きのあまり心臓が止まりそうになりました」

ＢＡＲで驚いた顔をしていたのは、汐梨と再会できたからだったようだ。

「だけど、再会して数秒で、俺は凍りついた。あなたの左手の薬指には、指輪があったから」

汐梨は無意識に左手を隠すように、指を丸めた。

「あなたを一番に想う男性が現れたのだと悟った。幸せになろうとしているあなたを奪うことなどできない。欲を抑えるために、あなたの情報を遮断しながら、あなたを公然と妻にできる恋人をずっと羨み妬み、憎みました。ＢＡＲに行かなきゃいいのに、あなたがいるかもと思ったら、足を向けずにはいられなかった」

「……っ」

「あなたが恋人と別れた時、不謹慎にも俺は喜んだ。これで、堂々とあなたに愛を乞うことができると。……同時にあなたを追い詰めた恋人に怒りを感じ、あなたを慰めたかったのも事実です。あの夜、俺があなたに囁いた言葉は本当のもの。俺は……一夜限定ではなく、あなたに本気で愛を告げていました」

――自信と希望を持って。必ずあなたを一番に思うひとがいる。

――愛おしいあなたのために、なんでもしてやりたいと思える、一途な男が現れる。

汐梨の目から涙が零れ落ちる。

――あなたは……俺にとことん愛され、女になったんです。

――覚えてください。これが俺だ。俺があなたを愛しているということだけを、全身で感じて。

彼に本気で愛されたら幸せだと思った。

まさかその言葉に宿った想いが、自分に向けられていたとは。

こんな……幸せなこと、あっていいのだろうか。

「ずっとずっと俺は、あなたに触れたかった。あなたに愛を告げたかった」

累は汐梨の涙を指で拭いながら笑う。

「朝になったら、あなたに告白するつもりでした。あなたのペースでいいから、ゆっくりとでも……俺をひとりの男として見てもらえるように。あなたと新たな時間を始められるように。……だけど眠ってしまい、目覚めたら……あなたがいなかった。汐梨さんにとって俺の存在は、未来に必要だと思われていなかった」

「わたしは……！」

累は悲しく微笑んで、汐梨の口の前に人差し指をたてる。

「……この一ヶ月。気が狂ってしまいそうになるほど、あなたを捜しました。あなたを諦めきれなかった。あなたをより深く知ってしまったら、一夜でなど、終われなかった」

やるせなく告げながら、累は汐梨の頬に手を添える。

「だけど、名前だけしかわからないあなたを捜し出すことはできなくて。見つけ出したのは……悔しながら、閑です。冷血と言われる俺が恋わずらう相手に、閑は興味を持ったんです。俺はあなたに会いたいがため、閑の条件を呑んだ。見合いが終わるまでは、本心を告げることを禁じられて」

「え……」

「そういう奴なんです、閑は。面白ければ残酷なことでも平気でする。まるで無邪気な悪魔で」

また少し、閑に対するイメージが変わった気がした。

「俺は心を隠しながら、少しずつあなたとの心の距離を近づけてきたつもりです。だけど、あなたへの愛が溢れてどうしようもなくなるたびに、思っていました。これは順序が違うし、見合いで縛りつけるのもおかしい。まずはあなたへ愛を告げてから、あなたの一番となるように心の距離を縮めるべきではないかと」

累は汐梨の手をとった。指を絡めてきゅっと握る。

「見合いが終わるのをひたすら待っていました。見合い後は、閑の縛りはなくなる。新たな気持ちと時間軸であなたとの関係を進めたくて、リセットという言葉を使ったんです。あるべき正しい形……順序を踏まえて、今度こそあなたと始めるために」

累は真剣な面差しを向けて、汐梨に告げる。

「あなたを愛してます、汐梨さん。俺が高校生だった時から、俺にとってあなたは一番なんです。唯一無二の存在です。あなたの元彼のように心変わりはしないと誓います。他の女にも一切興味がありません」

「……っ」

「俺は……狂おしいほど、あなたを愛しています」

累の愛が大量に流れ込んでくる。汐梨の胸が苦しくなるほどに。

彼に愛されたら幸せだと思っていた。

彼の一番になれる閑が羨ましいと思っていた。

歓喜に感極まり、汐梨の目からぽろぽろと涙がこぼれる。

「わた、し……を、一番に……してくれるんですか？」

辿々しく尋ねる汐梨は、累にそっと抱きしめられた。

「もちろん。俺にとってあなたは、一番以外にはありえない。あなただから、一番なんです。俺は……あなたしか見えない。こんな俺を……あなたの一番にしてくれますか？」

答えなんて、ひとつしかない――。

「はい、喜んで。わたし……累さんの幸せのためなら、遠くから見ていようと思ったけれど、やっぱり……無理みたいです。あなたの……一番近くにいさせてもらいたい！」

我儘なくらい、累が好きだ。好きでたまらない。

この男でなければだめだ。

「――光栄です」

自然と視線が絡まり――唇が重なった。

触れあった瞬間、うっとりとしたため息が出てしまう。

（ああ、心まで満たされるキスって……こんなにも気持ちいいのね……）

甘美すぎて、脳まで蕩けそうになる。

「汐梨さん……好きです」

離された唇からは愛の言葉が囁かれ、吸い寄せられるようにまた触れあう。

「汐梨、しお……り……んん……」

熱に掠れた声で名前を呼ばれ、頭がくらくらしてしまう。

至福感ゆえに穏やかに凪いでいた心も、唇を重ねるたび、次第に急くような衝動に駆られていく。

好きだと思う気持ちが強くなり、それは激情となる。

それは累も同じだったようで、累の舌が汐梨の唇の合間から差し込まれ、汐梨の舌を搦めとった。

「ん……」

ぞくぞくとしたものが肌を粟立たせ、汐梨は思わず甘い吐息を漏らす。

そんな彼女にふっと笑った累は、彼女の両手を自分の首に巻き付けさせた。より強く抱きしめて体を密着させると、汐梨の頭を優しく撫でながら、舌の根元までねっとりと舌を絡ませた。

熱くて蕩けそうな累の舌使いに翻弄され、汐梨から甘い喘ぎが止まらなくなる。

やがて汐梨がくったりとなってしまうと、累は唇を離して彼女を優しく抱き留め、すりすりと汐梨の頬に己のそれをすり寄せた。

「たまらなく可愛い……。俺の……俺だけの汐梨」

「……っ」

累の独占欲が嬉しい。汐梨が無防備になって累に体を預けていると、耳打ちされた。

「今から、抱いていい？　我慢できない」

汐梨の下腹部の奥がきゅんと反応して、キスで溶けた体はさらに熱く濡れてくる。

足をもじらせながらこくりと頷くと、首筋に累の舌が這わせられ、時折強く吸いたてられた。

さらに舌は滑り落ち、汐梨の肩を丹念に舐め上げてくる。

くすぐったさにも似た肌のざわめきが強くなり、ふるりと震えてしまう。

「んん……っ」

思わずか細い喘ぎを漏らすと、累の片手が、服の上からゆっくりと汐梨の胸を揉みしだく。

汐梨は累の温もりに包まれながら、恍惚とした心地に酔いしれた。

「何度も……思い出した。あなたの柔らかさ。あの時も、たまらなくあなたが愛おしかった」

「……っ」

「あぁ、直接触らせて」

背に回っていた背中が下着のホックを外した。同時にフリルがついた胸元の布地が、下着ごとゆっくりと下げられ、剥き出しの乳房が揺れ出る。

恥ずかしさに片手で胸を隠そうとしたが、その手は逆に指を絡めて握られる。

そして累は、汐梨に見せつけるようにゆっくりと胸の頂きに吸いついた。

「ああ……」

汐梨は片手をうしろについて、大きく仰け反った。累は胸の先端にある蕾を舌で揺らしては強く吸いながら、反対の手で片側の胸を揉む。時折、蕾をくりくりと指先で強く捏ねてくるため、汐梨の体は跳ねた。

「すごく気持ちよさそうだ……」

「気持ち、いいの……。累さんに、愛されていると思うと……あぁ……」

体が甘美な微電に痺れていくと、足のつけ根に熱がたまり、じんじんと切なく疼いている。

片手で支えていた汐梨の体が揺れ始めると、意味を察した累が、クッションを汐梨の腰にあてて座らせる。

そして長いドレスの中に潜り込むと、汐梨の足を押し広げた。

「る、累さん……⁉」

返事の代わりに、クロッチに熱く柔らかいもので押された。

（あ……彼の、唇……）

累の姿が見えないから、汐梨の妄想は一ヶ月前の記憶をだぶらせる。

その場所に広がる熱ばかりが気になって、息が乱れてくる。

（お風呂入ってないのに、そんなにキスされたら……）

「ああ、可愛い……。やっぱりたまらない」

スカートの中の累がもぞもぞと動く。

「もっと……堪能させて。俺の……汐梨の味を」

クロッチがずらされたようだ。その横からぬるりとしたものが、じんじんとしている秘処に直接触れてきたため、汐梨は身悶える。

（やだ、舐められてる……！）

「あっ、累さん……お風呂、お風呂に……」

「だめ。あなたの味と匂いが消えてしまう」

くちゅくちゅと忙しい音がすると同時に、疼いているその場所に柔らかな刺激が加えられる。

累が横から舌を差し込んで、秘処を掻き回しているのだ。

それだけではなく、嚥下する音も聞こえ、悩ましい声を乗せた呼吸も聞こえてくる。

累の姿が見えずに快楽を与えられているのは、まるで目隠しをされているかの如く。五感が鋭くなり、スカートの下にいる累の淫靡な愛撫を想像するだけで、敏感に反応してしまう。

「累さん、だめ、ねぇ、わたし……気持ちよすぎて、だめ！」

しかし累の姿がなければ、まるで自慰のようで。

汐梨は追い詰められながら、ひとりぼっちでいるような寂しさに囚われる。

するとやるせないため息がした後、スカートが捲り上げられた。

「累さん、ねぇ……出てきて。累さんが見たい。ねぇ、ひとりにしないで」

そこには卑猥な奉仕をしている累の姿があり、陶然とした表情を向けてくる。

そんな情景に耐えきれず、汐梨はあえなく一気に爆ぜてしまった。

すると累は笑って汐梨を抱きしめ、よくできましたといわんばかりの濃厚なキスをする。

そして汐梨のドレスとショーツをするりと抜き取った後、カチャカチャと音をたてて己のベルトを外し、スラックスを脱いだ。床に放る前に、ポケットから取り出したのは薄型の箱だ。それがなにかわかった汐梨は顔を赤らめた。

「誤解のないように言っておくけど、俺はこんなものを持ち歩いて仕事はしていないから。……さっき、もらったんだ。お節介な人に。ルームキーとともに」

「え……誰に？」

まさか閑の両親が渡すわけがないだろう。

汐梨と累が、想い合っているという事実を誰も知らないはずだ。

（りっちゃんさんは来てなかったみたいだし……）

「それは今度話すよ。今、そんなことまで話している余裕がないから……」

箱から取り出された包み。

それが、宗佑と愛里の悪意にまみれた部屋を思い出させ、わずかに汐梨は顔を曇らせた。

「……後でつける。今は……そのまま、あなたと触れあいたい」

累はわかったのだろう。汐梨の脳裏に過ったものがなにか。

汐梨を宥めるようにその額や頬に優しく唇を落としながら、汐梨の足を広げ、己の猛りを擦りつけてくる。

それは猛々しく、そして熱く。まるで生き物の如きしっかりとした脈動を汐梨は感じ取った。

質量あるそれを直に感じ、摩擦されている秘処が蕩けそうになっていた。

「ああ……気持ち、いい……」

ごりごりとした先端がしとどに濡れた花園を抉り、太い軸が蠢いて汐梨の官能を引き出していく。

生身の累に淫らに触れられていると思うだけでたまらなくなるのに、敏感な部分をわざと攻められると、引き攣った息が出て激しく身悶えてしまう。

「あ、あぁ……。累さん……へんになりそう……」

汐梨は声を震わせて快感を訴えた。

そんな汐梨を覗き込む漆黒の瞳は、滾るような熱を見せている。

「俺も。とろとろに蕩けている汐梨が、たまらない……」

互いの淫液が混ざった卑猥な音を響かせ、時折切れ長の目が細められた。

危なくなったのか累は一度腰を引いて、息を整え避妊具をつけた。

そして再び、汐梨の秘処に剛直を往復させる。

薄い膜のせいで少しだけさっきと感触が違う気はしたが、それでも累には変わらない。

汐梨は乱れた息を漏らしながら、累の唇を求めた。

汐梨の足はさらに大きく広げられ、累の腰の動きはより力強く早くなる。

「あ、ぁあ、やぁん」

もっと欲しい。もっと近くで触れあいたい。

その想いがシンクロしたのか、秘処を滑っていた剛直が蜜口に押し込められた。

圧迫感とともに、戦慄にも似たぞくぞくとしたものが駆け上る。

「あ、あああっ、大きい……累さん、前より大きい……」

「あなたが好きでこうなったんです。責任、とって……俺を……愛して」

すべてが累で埋め尽くされると、ようやく帰りついたかのような安堵感と至福感に満たされる。

「く……あなたの中、熱くてとろとろだ。たまらない……」

陶然とした口調に、汐梨はきゅんとなる。

セックスとは義務ではなく、両者の愛を深める行為なのだと改めて思う。

深層で交わるほどに、より彼への愛おしさが溢れ出る。

（ああ、わたし……こんなに累さんが欲しかったんだ……）

汐梨は累の体に縋り付いて、言葉にならない声を漏らして咽び泣いてしまう。

累は汐梨の頭を優しく撫でながら、その頬に頬ずりをして言う。

「早くこうして、あなたと心も繋げたかった。あなたの愛が欲しかった」

累の声が震えている。

「離さないよ、俺は。こんな愛おしい恋人を離すものか」

「累、さん……」

「愛している。俺自身よりずっと。あなたを……汐梨をまた腕に抱けて……幸せだ」

微笑んで口づけを交わしながら、累は腰を動かした。

擦り上げられるたびに、快感の波が大きくなる。

「あ、ん……累さん、好き、好き！」

汐梨を壊そうと押し寄せるのは愛情なのか、快楽なのか。

その両方かもしれないと汐梨は思う。

「汐梨、汐梨……！」

ああ、少し苦しげに……しかし男の艶に満ちながら、切なげに名前を呼ぶ累が好きだ。

汗ばむ肌も、彼の匂いも、すべてが愛おしい。

こんな風に強く、誰かを愛せるとは思わなかった。

こんな風に簡単に、彼の前なら涙を流せるとも思わなかった。

かつて、愛する相手に愛されていたはずなのに、蓋をあければまるで違う。

恋愛ごっこをしていただけだった。

「あぁ、累さん……気持ちいいい、累さん、累……！」

心からの愛を捧げる男へは、こんなにも自然に潤い、大きく花開くのだ。

「汐梨の中、うねってる。ああ、汐梨、愛おしさが止まらない！」

加速する律動。激しく中を擦られ、快感の波が次々に押し寄せてくる。

それはやがてひとつの荒波になり、汐梨を呑み込もうとしていた。

「累、累！　わたしイク、イッちゃう！」

すると累は汐梨の頭を両手で抱き、舌を深く絡める濃厚なキスをしながら、汐梨のより深層を穿つ。

（あ、ああっ、奥だめ、累、わたし……！）

切羽詰まったような感情が強まり、それが快感の波と繋がった。

怒濤のような快感の大波が汐梨を襲う。

汐梨は嬌声をあげながら、累の背に爪をたてる。揺れ続けていた足先に力が入り、自然と累の腰に巻きつ
いた後、より深みある享楽を甘受しようと、体をぐっと反らした。

「はっ、汐梨。その締めつけは……俺も、ああ、汐梨……！」

追い詰められていた汐梨の体は、ぱああんと弾け、ゆっくりと弛緩する。

累がぶるっと震えた直後、官能的な声で呻いた累は、薄い膜越し、汐梨の中に熱い迸りを放った。

汐梨の腰を掴むとさらに強く密着させ、より深いところに吐精する。

男の艶に満ちた顔で、オスのフェロモンをまき散らした累は、ぼんやりと彼の顔を見ていた汐梨の視線に
気づくと、はにかんだように笑った。

「見ないで。やばいくらい、気持ちよかったんだ……」

「……っ」

「ああ、俺……汐梨の体にも溺れそうな気がする」

笑いながら後始末を終えた累は、泣いている汐梨にぎょっとする。

「どうした？　いや、だった？」

そういえば、彼はいつも泣き出しそうな顔でそう訊いていた。

「違うの。わたし……こんなに幸せでいいのかって。あまりに幸せすぎると、また終わってしまいそうな気

がして。累さんを失って、わたし……生きていけるのかなとか……」

累は汐梨の顔にキスを注いだ。

「……俺がいなければ、生きていけないようにしたい」

意地悪な顔で累は言う。

「そうすれば永遠に、俺たちは終わらないから」

自分は終わらせることはないのだと暗にほのめかしながら。

「汐梨、世界の男が不実であっても、俺だけは信じて」

「……わかった」

「あなたへの想いは、誰よりも強くて重い自信はある。百年そこらで消えないから」

「ひゃ、百年⁉」

「長生きしよう。ずっと愛し合って」

そう笑う累と、自然に唇が重なり合う。

いつの間にか、まだ芯を失っていない彼の分身が汐梨の中をゆっくりと出入りしている。

緩やかに、でも確実に——その愛は激化していくのだった。

第四章

月曜日、出勤した汐梨は内心びくついていた。

累はカルムの制服デザインをよく知っている。その上で首筋に、見えるか見えないかのぎりぎりのところに、キスマークをつけたのだ。文句を言うと彼はこう答えた。

――気にしている間は、俺のことを思い出すだろう？　悪い虫避けにもなるし。

累は独占欲も嫉妬も強い。しかしそれが愛だと思えば嬉しい。

……とはいえ、たくさんのキスマークはつけすぎだと思うけれど。

日曜日は都心にある累の高層マンションに泊まった。

案の定、薄い壁と隙間風が悩みの汐梨の部屋とは違い、どこぞのモデルルームだ。

ふたりで食料を買い、汐梨が得意のロールキャベツを作ると、累はとても喜んだ。

――おいしい。新婚みたいだ。あなたの手料理、毎日食べられたら幸せだな。

そんな言葉で、他の男と破談したばかりの汐梨を赤くさせながら、その夜の累の奉仕は濃厚だった。

前戯にたっぷりと時間をかけて何度も汐梨を果てに飛ばし、焦らした挙げ句におねだりをさせ、挿入してくれば汐梨の弱いところを重点的に攻めてくる。

——俺の部屋にあなたがいると思ったら、たまらなくて……。

幾度、愛を交わし合ったのだろう。

目覚めるとどちらも消えていないことに安堵し、喜びのキスをし……また喘がされて時間になり、慌てて出勤する始末。しかしホテルの制服を着れば、心身ともにきりっとするため、そんな蜜月を過ごしていたと気づく者はいない。

汐梨の胸ポケットには、累のマンションの合い鍵が入っている。

——いつでも来て。できれば生活用具一式もって、生活の場を移してくれればいいんだけれど。

本気とも冗談とも思えない申し出は曖昧に流し、離れていても通じ合えるお守りをもらった気になった汐梨は、鍵を常に身につけていることにしたのだ。

——たまに閑がやって来てくつろいでいる。鍵を持たせてもいないから、完全に不法侵入だ。

——近く、閑にあなたを会わせたい。閑も紹介しろとうるさいから。

恋愛関係でなくとも、閑は累と特別な関係だ。もし紹介されたら、ふたりの仲睦まじい姿を見せつけられても笑顔でいなければいけない。

絶世の美女ならともかく、自分と同じ顔の女と累が親しげなところを、平然と見ていられるものだろうか。

複雑な思いでいると、電話が鳴った。応答すると、宿泊のキャンセルだった。

電話を切りキャンセル処理をした汐梨だが、首を傾げる。

「さっきもキャンセルの電話だったわね。今日はやけに電話が多いけど……なにかあったのかしら」

すると隣で、長電話をしていた幸恵が電話を切り、大きなため息をついた。

「どうしたの、幸恵ちゃん」

「クレームがすごいんです……」

「クレーム？」

「ええ、なんだか……最初から『横柄な態度でホテルマンを名乗るな』とか『ぼったくりのカルムを訴えてやる』とか。念のため録音はしていますが」

「ええ⁉　それらのクレームは過去、うちを利用したお客様からなのかしら」

「口ぶりではよく知らない感じです。細かなことは知らない感じですし。ただ気になることがあって。『口コミサイトで最低評価なだけがある』って言うんですよ。もしかして辛辣な意見がレビューにでも書かれていて、それを見て乗じただけの愉快犯なのかもしれません」

汐梨はインターネットが繋がっているパソコンから、従業員もよく参考にする某全国ホテルの口コミサイトを見てみた。カルムは五つ星評価が多く、サービスが素晴らしいと絶賛されている。

しかし、現在は――。

「うわ、なにこれ……」

幸恵が悲痛な声を出した。

それは昨夜から今日にかけ、星がひとつだけついた、たくさんの酷評が投稿されていたのだ。

『カルムの従業員は職務怠慢な上に横柄だ』『スタッフたちは自分たちがやりやすさばかりを押しつけてき

て、客の意見を聞こうとしない』『不潔極まりない部屋』――。

その数は三十は下らない。他の口コミサイトを見てみても同様な有様だった。

さらに大手検索サイトからカルムを調べてみると、某有名掲示板やまとめサイトに、『一流ホテル堕つ』というタイトルでスレッドが立ち、誹謗（ひぼう）中傷のオンパレードだ。

呟き専門のＳＮＳでは『カルムに宿泊したら、最低最悪のサービスをされたから、金を返してほしい』など、怒りの声を載せた記事が多数拡散されている。

実名っぽい名前のため、それを宿泊専用の端末で検索してみたが一致する客はいない。

汐梨はそれらを印刷してチーフに相談し、総支配人に知らせた。

総支配人室で、主は頭を抱えて唸（うな）り声を上げた。

「明らかな風評被害だな。信用第一のホテル業に、ここまでの誹謗中傷はダメージが大きい」

「競合ホテルの妨害でしょうか。来月発表になる最優秀ホテル賞の連覇を阻もうとしてとか」

「わからないが、剱崎先生に連絡をしてみる。カルムから飛び火して、宮園グループに引火してしまうことになれば大ごとになる。風評被害の程度如何（いかん）によって、宮園に切り捨てられる可能性だってある」

「宮園グループの力で、守ってもらえないのでしょうか。る……剱崎先生のご家族だって法曹界の重鎮なのですし」

「……あらゆる可能性を考え、策を考えてみる。とりあえず方針が決まるまで、フロントはクレーム対処をしてほしい」

「わかりました。スタッフに伝達いたします」

汐梨は神妙な顔で頷いた。


それから数日、カルムのフロント業務は慌ただしかった。

無言を含めたいやがらせとキャンセル電話が鳴り響く。

拡散されたデマは尾ひれがつき、まことしやかに醜聞だけが広がる。

(こんなのってないわ……。皆、お客様に笑顔になってもらおうと、懸命に仕事をしてきたのに)

今まで通り手厚いサービスをしても、チェックアウト時に難癖をつけて値切ろうとする客まで現れる。

断れば、ネットに投稿するぞと脅してもくる。

そういう時は、「顧問弁護士に相談するから待っていてくれ」と言うと、すぐに退散する。

弁護士の権威は、大きかった。

スタッフは笑顔で接客しているものの、明らかに疲弊している。昼夜問わず鳴り響く電話の音でノイローゼ気味になり、裏で吐きながら頑張っているスタッフもいる。

汐梨は連日夜勤を入れ、できるだけ他のスタッフを定時に帰らせ、休眠をとらせた。

——汐梨さん、私も手伝います。

——私もです。家に帰ってもおやつばかり食べてまた太ってきたので、仕事ダイエットです。

心強い新人の幸恵と、いつも噂話に花を咲かせていた由奈は、汐梨に感化されて逃げだそうとしなかった。

さらに五人のコンシェルジュも手伝ってくれている。

(絶対なんとかしなきゃ……)

夜勤続きのため、累のマンションには行っていない。自宅にすら帰る余裕がないのだ。

カルムでわずかな仮眠とシャワーを浴びて、すぐに業務に就いている。

累に私的な電話やメールをしたいと思ったが、今はそれどころではないとそれを堪えていたところ、作戦会議で累がこのホテルにやって来た。その姿を見たけで、跳ねたいくらいに元気になる。

この状況を打開できるのは、辣腕弁護士たる累だけだ。その彼も同じ戦場にいるのが、とても心強い。

累は帰り際にメールを寄越し、こう記していた。

『今、最強の助っ人を確保し、その尻を叩いて急かしている。必ず連れていくから待ってて』

累以上の最強の助っ人とは誰のことだろうか。なにを画策しているのは一切わからないし、弁護士にも守秘義務があるだろうし、詳細は聞いていないが、ネットトラブルに詳しい者なのだろう。

(尻を叩いて急かせられるということは、累さんと仲がいいのかしら……)

累が次に姿を現す時はきっと、事態が好転すると信じている。

今、自分にできることは、裏方でホテルを支えることだけだ。

フロントチーフなど肩書きがつく上司は、現場にずっとはいないが、連日会議を重ね、客以外とのやりとりに奔走して、目にクマを作っている。

「汐梨さん、川上さんが帰ってきません……」

幸恵が腕時計を見ながら、休憩から戻ってこないひとりのスタッフのことを告げる。

「この状況なら理解してあげよう。彼女も頑張っていたもの。少しでも元気で戻ってきてくれれば不問」

「わ、わかりました……」

「幸恵ちゃんも休憩して。由奈ちゃんも仮眠させた方がいいかも……」

すると幸恵が言う。

「私たちのことより、汐梨さんが休んでください。連日ぶっ続けです。声だって嗄れて……」

「ふふ。梅さんからもらった、かりかり梅を囓って、クエン酸補給しているから大丈夫よ」

笑いながら口コミサイトを見ると、また酷評レビューが追加されている。

それらの文字を見ていた汐梨の目が突如見開き、改めて過去の分を遡って見てみる。

「やっぱり。うちの設備サービスについては詳しくないのに、エグゼクティブルームに関する記述が紛れている。さらに菌扱いされるとか、消臭剤を吹きかけられるとか、清掃に入らないとか。まさか……」

そんな時、客が入ってきた。

それは――スーツ姿の宗佑だった。

「汐梨、なんか今、大変なんだってな」

汐梨に対する仕打ちをなかったことにして、宗佑は爽やかな笑みを作る。

その無神経さに、怒りを感じるより呆れ返ってしまう。

「俺、実は転職してさ。池袋にあるＩＴ会社なんだ。ネットトラブル解決も請け負うからさ、総支配人に会わせてくれないかな」

ただし、その頬は痩け、その目は狂的なぎらつきがある。

（転職って……）

誰が聞いても名前を知る一流企業に勤務していたことは、彼の誇りだったはずだ。

それに愛里と付き合うつもりなら、それくらいの肩書きがなければ、愛里は納得しないだろう。

差し出された名刺には、『愛らぶネットワーク』という、どこか胡散臭い社名が記されている。

東京本社では経理職だったし、ＩＴの知識があるなど、今まで聞いたこともなかった。

（なんで転職したのかしら……）

「ネットトラブルを解決するから、端末のシステムも入れ替えないか？　汐梨が総支配人に強く後押ししてくれれば、なんとかなるだろう？　俺ここにいるから、とりあえず総支配人を連れてきて」

厚かましいこの男は、なにを言っているのだろう。

妹とのセックスだけではなく、その残骸をも汐梨に見せつけ、片付けさせようとしたことを忘れているのだろうか。

しかもカルムが今、大変な状況だとわかっていながら、自分都合で早急に契約させようとする。

（こんな男だったんだ、宗佑って……）

汐梨は、心をすっと冷え込ませながら言った。

「お断りします」

「はあ⁉」

宗佑の目が吊り上がる。汐梨が拒むとは微塵も思っていなかったようだ。

「なに？　俺への仕返しのつもり？　抱いてほしいなら部屋をとれよ。すぐに終わるから無料にしてな。なあ、早くしてくれよ。こっちは急いでいるんだ」

汐梨の中で怒りが湧き起こる。

「お断りします。総支配人に御用でしたら、アポをとった上で出直してください」

強い語気で言うと、宗佑は驚いたようだ。

「おいおい、汐梨らしくないぞ？　この俺が優しく頼んでいるんだから、さっさと……」

「――お主、見苦しいわ」

突如声がしたのは、下方からだ。

汐梨が宗佑の隣に視線を落とすと、テディベアを抱いた梅の孫娘……ヒマがいる。

髪をふたつに結んではいるものの、今日も見事に天然パーマが爆発中。

小さすぎて、いつヒマがやって来たのか視界に入っていなかった。

そのヒマがやけに嗄れた声で、宗佑に言った。

「お主、状況判断と理解、記憶を司る部分の脳が損傷しているようだな。病院へ行ってこい」

その物言いは、梅を思わせる。

（梅さんの言葉使いを真似したのだとしても、やけに難しい言葉を使ってない？）

しかも梅にも似て、まだ幼いのに妙な貫禄がある。

「な、なんだとクソガキ！」

汐梨と付き合っていた頃、宗佑は子供相手にこんな汚い言葉を放ったりはしなかった。

むしろ子供好きをアピールされていたようにも思える。

変わってしまったのか。

それとも元々がこうであるのを、隠してきたのか。

結婚していたら、徐々にこんな姿を見せたのだろうか。

ヒマは激高する宗佑に怯むことなく、口端を吊り上げ、挑発した笑いを見せる。

「ほほう、子供相手に暴言か。そんな阿呆だから、ふられるのだ」

（ヒ、ヒマちゃんに……梅さんが憑依しているのかしら。やだ梅さん、まだ元気に生きているわよね）

思わず梅の安否が気になってしまった。取り憑いているにしても、せめて生き霊であってほしい。

「ふられてなどない！　俺が汐梨をふったんだ！」

「逆じゃ。彼女がお主をふった。見限ったから、お主の言葉にもう耳を貸さぬのだ」

「なんだと⁉」

「彼女だけではない。その妹ともどうなった？　いいだけ貢がされ利用されて捨てられたのでは？」

（ヒ、ヒマちゃん、ずいぶんとわたしの事情通だけど、何者⁉）

「黙りやがれ！」

宗佑が逆上してヒマの胸ぐらを掴んで持ち上げ、振り上げた手を拳にする。

「宗佑、やめて！　ヒマちゃんを離して」

汐梨が慌ててフロントから飛び出そうとした瞬間だった。

「やはり、阿呆じゃな」

ヒマがにやりと笑い――、

「きゃあああああ！　助けてぇぇぇぇ！　このおじさんが怖いよぉぉぉぉぉ！」

突然、子供らしい甲高い悲鳴を上げたのだ。

そんな反撃をみせるとは思わず、汐梨も宗佑もぎょっとして固まった。

周囲からの視線が注がれる中、エントランスから疾風の如く走ってくるスーツ姿の男がいる。

そして宗佑に素早く当て身を食らわせてヒマを抱えると、宗佑の手を背に捻りあげた。

体術でも習っていたのか、鮮やかである。

ヒマを床に下ろしたタイミングで、屈強な体格をした警備員が走ってきた。

男は警備員に指示をする。

「こいつを外に放り出せ。出禁だ」

「かしこまりました」

警備員は、なぜか男に恭しい態度をとる。

「離せ、俺は総支配人に用が。汐梨、助けろよ、汐梨……！」

引き摺られる宗佑はわめき続け、やがて外に放り出された。

出禁扱いの客は、ホテルの外で入口や車のドアを開けるドアアテンダントにも情報が共有され、ホテルの安全の維持のために徹底される。

もう二度と、宗佑がホテルにやって来ることはない。

まさか迷惑客として強制終了となるとは思っていなかった。

宗佑を捻り上げた男は、唖然としている汐梨に、にやりと笑いかけた。

正面から見ると、甘い顔立ちながら、どこか頽廃的な翳りを見せるイケメンである。

（この人、どこかで見たことがあるような……。あれ、あのネクタイピン……）

「ルーちゃんじゃなくてすまないな、シオリン。もうすぐルーちゃんがやってくるから」

その声、その物言い、そしてそのネクタイピンは――。

「り、りっちゃんさん⁉」

「おう。久しぶりだな。ネクタイピン、ありがとよ。忌々しげに放り投げて寄越したぞ、あんたからのプレゼント。ホント、あんたに関しては狭量だよな、ルーちゃんは」

やはり律らしい。

眼鏡がない彼は、彫り深く端正な顔をしているのに、その目の下には病的なほどひどいクマだ。

彼は幸恵を見ると、片手を挙げた。

「さっちん、連絡ありがとよ。先生より俺たちの方が早くホテルに着いたから、間に合えた」

（幸恵ちゃんをさっちん呼びって……交流があるの？　あ、幸恵ちゃんが前に勤めていた系列ホテルで知り合っていたのかも。それに俺たち……って、りっちゃんさんと一緒にいるの……ヒマちゃんしかいないけど）

汐梨は胡乱げな眼差しをヒマに向けると、ヒマはニカッと笑う。

「さっちん、シオリンを会議に連れていく。フロントを抜けさせるが、ここを頼むぞ」

「はい。かしこまりました、小早川様」

（りっちゃんさんも、すごく偉いひとなの？）

汐梨は驚いた顔で、頭を下げる幸恵と律を交互に見る。

「お、先生から電話だ。はいはーい。……大丈夫だって。指一本触れさせてねぇから。……ああ、わかりました。ミーティングルームで、お待ちしてます」

そして彼が電話を切った直後、汐梨のポケットにあるスマホが震える。

累からのメールである。

『律たちと待ってて。今行くから』

「ルーちゃん先生からだろう？　さ、移動して待つことにするか。シオリンも来て」

「わかりました」

後のことを頼んでフロントから出ると、ヒマが汐梨の手を握り、一緒についてくる。

「あ、あのね、ヒマちゃん。お姉ちゃん、ちょっとお仕事があるの。それが終わったら……」

すると律が怪訝な顔をして聞いてくる。

「なあ、シオリン。ヒマってなに？」

「え、この子の名です。カルムの守護神、スーパー客室清掃員であるおばあちゃんのお孫さんで……」

「もしかして、その長ったらしい肩書きのばあさんって、時代劇好きなうっちんのこと？」

「う、うっちん？」

聞き慣れない呼び方に戸惑ってしまう。律の問いに答えたのはヒマだった。

「そうだ。乳母のババ、梅じゃ」

（乳母……。ヒマちゃんって、複雑な環境に生まれた子なのかしら。梅さんの影響で、そんなおばあさんみたいな言葉使いになったりするのね……）

「ははは。ま、清掃好きは変わりねぇか、うっちんは。ああ、シオリン。ヒマも連れて行くから。……しかし手を握るなんて、よほどシオリン、好かれているんだな」

律が歩き出す中、ヒマはニカッと汐梨に笑いかけると、鼻歌を唄って機嫌よくついてくるのだった。


てっきりこれからの会議には総支配人が参加すると思っていたが、五分後に現れたのは累だけで、そのまま始めようとする。

「あ、あの……。総支配人を呼んできますね」

すると累が笑った。

「いや、彼にはもう結果は話している。ここに集まったのは最強の助っ人だ。汐梨に報告をしたい」

「最強の助っ人……って、前にメールで書いていた？」

（尻を叩いて急かしているという、最強の助っ人がどこに？）

累と自分を抜かして、ここにいるのはふたり。

ヒマはただついてきただけだから、律……なのだろうか。

そう思い、律を見ていると視線が合った。

「どーもー。休みも睡眠もなく、馬車馬のように扱き使われた、最強の助っ人の従者でーす」

そう答えたのは律だ。

（従者？　最強の助っ人ではなく？）

訝る汐梨に、ヒマの声が聞こえてくる。

「三徹くらいなんなのじゃ。もっと体を鍛えよ。女遊びばかりしてないで、累を見習わんか！」

ヒマがぷくりと頬を膨らませている。

……今、ヒマはなんて言った？

「ヒマちゃん、累さんとどんな関係……」

「ヒマ？」

律に引き続き、聞き返したのは累である。そしてすぐに納得したらしい。

「なるほど、ヒマとも読む漢字だものな。実際ヒマ人だし」

するとヒマがむっとして言う。

「私はヒマと名乗っても、暇ではあらぬ！」

今度は律が答えた。

「ヒマでしょうが。人に面倒臭いこと押しつけて、自分は寝て食べて時代劇を見て。野生児か！」

「野生児とはなんじゃ。私は……Ladyだぞ！」

レディーの単語だけ、やけに発音がいい。

三人は仲がいいようだ。ということは――？

（……まさか）

ふと、閃きにも似た予感が走った。

「ね、ねぇ……。まさかとは思うけれど、でもそれを肯定されたら前提を思いきり崩されて、わたし……パニックになりそうなんだけれど、ヒマちゃんって……」

するはヒマは鼻を鳴らすと、ぺたんこの胸をぱんと手で叩いてから名乗った。

「私の本名は、宮園閑。宮園家現当主のひとり娘であり次期当主。十歳である」

頭を鈍器で思いきり殴られた衝撃だった。

「いや、ちょっと待って……累さん、ねぇ……どういうこと？」

汐梨が涙目を向ける。すると累は苦笑して、汐梨に頭をさげた。

「すみません。すべては……ここにいる閑の画策。茶番でした」

「そうじゃ！　名付けて〝シンデレラ計画〟！」

ヒマ……改め、閑は自慢げに、鼻をふんふんと鳴らしている。

「閑様って……外国にいて、わたしそっくりで。だからわたしが閑様の代役として見合いをお断りして。なにより累さん、スマホで閑様の写真も見せてくれて……」

そして呆然として言葉を切った汐梨に、累が申し訳なさそうに言った。

「あなたを信用させるために見せたあの写真は、完全合成。本物の閑は、このちんちくりんです」

指をさされたちんちくりんは、憤慨している。

「累、ちんちくりんとはなんじゃ！　私とシオリンはそっくりではないか。私はシオリンと同じように奥ゆかしく聡明で、佇まいから顔立ちまで、瓜ふたつ！　ただし、背が低いだけで！」

累は深いため息をついて、汐梨に苦笑してみせる。

「……言い張るんです。あなたと同じ顔だって。……どんなに、ふたりの写真を横に置いて見せても」

「双子のように、そっくりじゃ！」

「は、はあ……」

「ま、将来はもしかすると、奇跡でも起こってあなたみたいに綺麗になるかもしれないという、一縷の希望が見せた夢だと思い、今では訂正することすら面倒になって放置です」

　辛辣な累に、閑はじたばたと抗議している。

「お主、愛しのシオリンを手に入れたからと、随分な口よの。調子に乗っておらぬか⁉　私は実年齢こそまだ幼いが、精神年齢は……」

「はい、閑ちゃま。大好きなチュッパチョップスのストロベリー味、どうぞ～」

　律が懐から棒付きの飴を取り出すと、閑はにこにことしてそれを舐めた。

　……どう見ても子供である。

「閑はまだ幼く、宮園の敵にいつ襲われるかわからない。それゆえ宮園は情報を口外させず、時には情報を攪乱させながら、閑の本当の姿を隠蔽してきました。ちんちくりんだと知るのは、俺と俺の家族、律と律の家族、その他はフロントの戸川幸恵、客室清掃員の米沢梅」

「幸恵ちゃんも梅さんも……」

「ババは乳母、幸恵は我が家のメイドだ。ふたりとも私が信頼している有能な奴らじゃ」

　閑は飴を舐めながら、満足げに言った。

「しかし閑様がまだ幼くても、わたしは閑様に関して、いろいろと噂を聞いていますが……」

「汐梨さんが聞いたものは、誰からの情報ですか？」

「それは、幸恵ちゃんです」

　累は笑った。

「幸恵は閑の手の者。あなたに偽りの閑像を擦り込ませるため、情報操作をしたんです。口外していない閑の情報を、しかも宮園グループという大きな組織の極秘情報を素人が知れるはずがない。幸恵の役目は、閑という年相応の深窓の令嬢が見合いをすることになったことをあなたに知らせ、俺があなたに持ちかける……馬鹿げた見合い話の信憑性を高めることでした」

「な……」

「噂に真実性を持たせるためには、わずかにでも真実を混ぜた方がいい。閑の外見はともかく、閑が海外の大学を飛び級で卒業し、天才的な経営手腕を持ち、次期当主の器を見せたことは真実。こんなちんちくりんなのに、ＩＱはかなり高い超天才児。時代劇好きは梅の影響であり、余計おかしな生き物になってますが」

「累。お主、しつこいくらい、私をディスるよな」

「気のせいです」

ころころと音をたてながら、閑は無心に飴を舐めている。

「梅はあなたを守るよう配置されました。閑曰く、俺の大切な人になにかあったら困ると殊勝なことを言ってましたが、要は俺が傍であなたの助けになりたいと思っていることを、俺ではなくて老婆がしていることで、俺を悔しがらせているつもりでしょう」

累はじとりと閑を見るが、彼女はどこ吹く風である。

「閑は、俺が汐梨さんに告白することを禁じることで、俺の我慢する姿を楽しんでいたんです。律によってすべて、どんな調子で進んでいるのか筒抜けでしたから、毎日からかいの連絡がきていまして！」

確かに帰る間際、いつも彼のスマホには閑から連絡がきていた気がする。

（りっちゃんさんが、閑様に告げ口を……）

律を見ると、横を向いてぴゅうと口笛を吹いた。

「閑が望んだのは俺の告白禁止と、汐梨さんを閑の代役にたてて見合いを必ずすること。それ以外のところは、俺に任されていました。すべてがすべて、騙していたわけではありません」

真摯な表情を向けられ、汐梨はこくりと頷いた。

「ただ、あの見合いは本物でも、見合いに来ていたのは偽者。宮園家当主夫妻でもなく、平塚夫妻と息子でもない。……宮園家当主夫妻のふりをしていたのは、俺の両親。平塚家当主は……」

累の視線の先にいる律が、愉快そうに口を開く。

「宮園家の運転手にしかすぎない俺の父親と、おどおど息子は、浪人四年目の俺の弟でーす」

「な……」

思い出せば……平塚家当主と息子の秋一は、宮園家……と思っていた夫妻にびくついていた。

使用人である小早川家と剱崎家との上下及び強弱関係は、一目瞭然である。

「だったら、平塚夫人が見えられた時は？　累さんのご両親もなにか様子がおかしかったけれど」

すると累はため息をついて言った。

「あれは……閑の母親。本当の宮園家の奥様です」

「え？」

「なぜか、律の母親ではなく彼女が現れました。俺の母親より茶道に精通し、場所を茶室に勝手に替えたのも彼女だ。奥様の乱入など知らされていなかった俺たちは皆、凍りつきました。勝手に娘の名を使って見合いをでっちあげていることを、叱りにきたのかと思って」

確かに、累も固まっていた。

「なにをびびることがあるのじゃ。母は私とよく似ており、楽しいことが大好きな女人だぞ？　累だってわかっておろう。あのお祭り好きを」

「わかっているからこそ、だ。閑によく似て多才で、楽しいことのためにはどんなことをもしでかす御方。彼女は女帝と言われ、プライベートではあのご当主を尻に敷かれている。どこだって彼女の意見は絶対的なんです。怒らせたらどうなることか……」

「こんな楽しい話を怒るはずなかろう。むしろこの話にノリノリで、自分もなにか役目が欲しいと騒いでおった。まさか相手方の母親役で参加するとはのう」

ようやく思考が動き始めた汐梨は、震え上がる。

「わ、わたし……いろいろと失礼なことをしていましたが！」

「ああ、よきよき。母から連絡をもらったぞ。シオリンが気にいったと。なんでも母が服をプレゼントしたとか。それは母がデザインするブランド『Mode Emisia』の、未発表作らしい。ま、ただ趣味なだけの覆面デザイナーだから、表向きは別のデザイナーを打ち立てているがな。わざわざできたての非売品を渡すあたり、よほどシオリンが気に入ったとみえる」

閑はからからと笑った。

（だ、大丈夫ならよかった……）

汐梨は安堵のため息をついた。

「楽しかったぞ。この堅物累が、愛しのシオリンに会えて浮かれ、愛を告げられずにもがく。どうするのかと思いきや、サボテンのシオリンに愛の告白の予行練習をして欲求不満をまぎらわせておる」

「え？」

「ち、違！」

累はぶんぶんと頭を横に振るが、顔は真っ赤だ。

「図星か。よいか、シオリン。累はお主が思っている倍以上も、シオリンが好きらしい。シオリンに去られた時の累を見せてやりたかった。人間はここまで絶望に浸れるのかと、私も勉強になった」

累は片手で顔を隠している。耳が真っ赤だから、真実なのだろう。

「とりあえず、シンデレラ計画と称して……こちらの目論見通り、累がシオリンをお姫様に仕立てることで、王子様は自分だと自己主張して独りよがりな悦に入っていたのは、なんとも微笑ましく、大いに笑い転げさせてもらった。いいヒマ潰しをありがとうな」

「は、はい……？」

ひどい言い様に、律がひーひーと涙を流して笑い、累が拗ねている。

十歳らしからぬ達観した考えと言葉は、遊び好きな子供らしい邪悪さも潜ませ、汐梨はなんと反応するのが正解かわからず、複雑な心境になった。

まだいろいろわからないこともあるけれど、とりあえずは——閑と累は恋仲ではないけれど特別な仲で、閑は見ているだけでも楽しくなる小悪魔であることは確かだろう。

汐梨だって憎めない。

ひょこひょことホテルに現れ、愛嬌ある笑顔を見せていた少女を。

累がコホンと咳払いをして言う。

「——とまあ、閑と見合いについてはここまで。これからは、カルムに関するトラブルについて話します。メールやSNS、掲示板や口コミなどを分析した結果、ある語句が多く使われていました」

汐梨が緊張した面持ちで累の言葉の続きを待っていると、閑と律が口を挟んできた。

「シオリン、ちなみに分析マシンを作ったのは私だ！」

閑のぺたんこの胸が、またもや反り返った。

「面倒なところをやったのは俺でーす」

……その結果が、律の目の下のクマなのだろう。

「お疲れ様です。そしてりっちゃんさんも、三徹するまでのご尽力ありがとうございます」

汐梨は、特に痛々しいクマを見せる律にも労いの言葉をかけた。

「うう。シオリンだけだ。俺に優しいの。俺、惚れ……」

「進めます！」

累が、律の戯れ言を強制終了させた。

「その語句ですが、『菌』『臭い』『清掃』『不潔』『感染マニュアル』……」

それを聞いて、汐梨の中ですとんと落ちたものがあった。

「――愛里と宗佑なんですか、こんなことをしているのは」

愛里と宗佑は土曜日まで宿泊していた。

だから荒らし投稿は、日曜日だったというのか。

その理由として考えられるのは――ひとつ。

「わたしが彼らのいやがらせに泣き崩れなかったから、こうやってホテルを攻撃することでわたしにダメージを与えようとしているんですか！」

語気を荒らげる汐梨に、累は頷いた。

「恐らくそうでしょう。現在、匿名投稿の情報開示請求をしていますが、開示まではかなりの時間を要する。早急な解決を図るため、暫定的に悪質な投稿者を特定できるシステムを閑に作らせていました」

「……今、累さんはさらりと言われましたが、ヒマ……いえ閑様、そんなこともお出来になるんですか？」

「ああ。向こうの大学では工科を出ている。システム構築だけではなく、悪者からセキュリティを守る、正義のホワイトハッカーとしての腕もあるぞ！」

閑はニカッと笑ったが、律がげそっとしながらぼそりと言った。

「頼まれてもいないのに、大企業のシステムの穴を探って先方に知らせたり、裏世界で有名なブラックハッカーたちと闘い、閑ちゃまの使徒にしましたよね。おかげで俺まで、ホワイトを言い張る悪魔の手先」

「悪意ある非合法なクラッカーではないのだからホワイトであろう。私が律を扱いて使えるようにしたのは、宮園の未来のためじゃ。私の代理として、夜通しその力を発揮できることを光栄に思え！」

（十歳なのに、とんでもない天才令嬢ね。ああ、扱き使われたりっちゃんさんから、魂が抜け出そう）

汐梨が、律に同情する中、累が話を進めた。

「現在、サイト運営者に投稿削除依頼をしていますが、精査に時間がかかる上に、消しても別アカウントをとって投稿してくるとか。運営側の技術力が追いつかないサイトは宮園で買い取り、閑に改良させて一元管理させます。面識ある某機関が、こちらの事情に協力的なので、多少手荒な方法でも法に抵触することなく、事態をすぐに沈静化させますので、ご安心を」

法の遵守者はどこか黒い笑みを見せつつ、電話番号や住所が書かれているリストを汐梨に差し出した。

リストに多く記載されていたのは――宗佑だった。しかし愛里の名はどこにもない。

「すべてではありませんが、これが閑たちに特定してもらった、多出する投稿者情報です」

覚悟していたとはいえ、宗佑の仕打ちが腹立たしく、吐き気すら覚えてしまう。

「彼以外に、最近なぜか複数の人間が、池袋の同じ場所から投稿しています。ここ一帯は古いビルしかないようで、ネットカフェもない。汐梨さん、この住所に覚えは？」

愛里の家も店も池袋ではない。汐梨は知らないと答えようとして、ふとある言葉を思い出した。

――俺、転職してさ。池袋にあるＩＴ会社なんだ。

汐梨は慌てて、ポケットに入れていた宗佑の名刺を取り出した。

「やっぱり。その住所は宗佑の転職先です。投稿時間が近いということは、会社の同僚に頼んだのかしら」

累は、汐梨から受取った宗佑の名刺を見ながら呟いた。

「……ここは、悪名高いブラック企業です。以前ここの社員からも他社からも相談を受けたことがある。利益のためならどんな手をも使い、社員も薄給で残業代もつかないと。プログラマーなど、会社の一室に閉じ込められ、一週間は仮眠もそこそこに働くため、幻覚症状や鬱になって倒れる社員も多いとか」

汐梨は、宗佑の瘦けた頰とぎらついた目を思い出す。

なにか狂的なものを感じたことを話した。すると、律が問うてくる。

「なんでそんなところに転職したわけ？　シオリンと結婚しようとしていたんだから、そこそこ安定している会社だったんだろう？」

「その動機は、よくわかりません……。少なくとも前職の方が高給ですし、肩書きも妹が喜びそうですし」

すると閑が笑いながら言った。

「案外、私があの阿呆に告げたことは正しかったのかもな」

――その妹ともどうなった？　いいだけ貢がされ利用されて捨てられたのでは？

「しかし。妹と仮に別れたとしても、それが転職にどう結びつくのか……」

すると累と閑が同時になにかに閃いたようで、律を見る。

「律、あの男が退職した理由を調べろ」

「そうじゃな、私の予感では……横領あたりか」

「お、横領⁉」

思わず汐梨は声を裏返らせてしまった。

「不相応な金額を、シオリンの妹に貢いでいたんではないか？」

閑の黒い目がブラックホールのように見える。

「確かに……エグゼクティブルームを妹と二泊もするのは、贅沢すぎるからひっかかりましたが……」

だったら、愛里のために会社の金に手をつけて解雇になり、ブラック企業に拾ってもらって、強引な営業で成績をあげようとしていたのだろうか。

「まさか……宗佑は、今回の誹謗中傷の投稿を消す仕事を手に入れるために、同僚を使って投稿させたとか？

それによって宗佑の営業成績があがって、給料がアップするなり報奨金が出るなりしたら。

そしてさらに、その実績を元に、うちのシステムを入れ替えさせようと」

「そうしたすべての金を……愛里に貢ごうと？　愛里の贅沢のために、カルムが犠牲になっているの？」

三人は汐梨の言葉を否定しなかった。恐らく、予想はついていたのだろう。

汐梨は手に力を入れると、累に向き直って言った。

「累さん。投稿者が特定できても、扇動者である宗佑を法的に拘束した上で、猛省させない限りは、同じことが繰り返されます。匿名での行為は気軽さがある反面、重大な責任を負うことになると知らしめないと、模倣犯や愉快犯が宗佑の後に続くでしょう。それらにまで対応できるだけの余力は、もうスタッフたちにはありません。今でもう限界ぎりぎりなんです。わたしは……これ以上仲間を苦しませたくない」

汐梨の強い眼差しを受け、累は静かに頷いた。

「それでは、あなたの妹と元彼の自供をとりましょう。確かにその方がてっとり早い。あなたの元彼が、妹に唆(そそのか)されてしたこと、妹が元彼を唆したこと……両者の証言なりそれに匹敵する証拠があれば、言い逃れはできませんから。そして告訴を対外的に告知することで、悪意ある投稿は鎮まる。では俺が行きましょう」

「わたしも行きます。連れていってください」

汐梨は語気を強めて懇願する。

「今回の騒動の発端は、わたしがあのふたりのいやがらせに対する対応を間違えたからです」

すると累は、端正な顔を悲哀に歪めさせて言った。

「なにをされたのか忘れたわけではないでしょう？　俺は、あなたをあのふたりに関わらせたくはない！」

「お気持ちはありがたいですが、今優先すべきは、私情ではありません。今のままでは、カルムに泊まられたお客様の思い出まで、穢してしまうことになる。カルムは恥ずべきサービスはしていません。誇るべき歴史を黒く塗り潰したくないんです。スタッフの一員として、わたしも戦いたい。それがたとえ危険でも」

長い沈黙を破ったのは、閑だった。

「なんのために、私たちがここに集まったと思うのだ、シオリン」

にやりと閑は笑う。

「シオリンひとり危険に曝(さら)すことはしない。チームシオリンで動こうぞ」

くすりと笑ってしまいそうになるが、それでも……ひとりでないと思うととても心強いのは確かだ。

「りっちゃんさんは、扱き使われることに慣れているドM体質ですから～、たとえ火の中水の中」

律は遠い目をしながらも、口元には超然とした笑いを浮かべている。

「さ、閑ちゃま。これから投稿消しに参りましょうか。むろん、閑ちゃまもですよ」

「ええ……私は時代劇が……」

「シャラーップ!!　言い出しっぺがなにを言うんですか！　また飴あげますからいきますよ」

「はぁい……」

よくわからない上下関係を見せて、ふたりは手を繋いで出ていった。

そしてミーティングルームに残ったのは、累ひとり。

「気を利かせて出ていったんだよ、あのふたり」

累は苦笑しながら、ぎしりと音をたてて椅子から立ち上がると、両手を広げて言う。

「……汐梨、おいで」

その言葉が、気を張り続けていた汐梨を弛緩させる。

ここ数日、押さえ込んでいた様々な感情が込み上げ、涙になってこぼれた。

いつから自分は、こんなに涙もろくなったのだろう。

（彼の前だと、取り繕うことができなくなってしまう……）

（チームシオリン……）

汐梨は累に抱きついて、嗚咽を漏らした。

累は汐梨の背と頭を優しく撫でながら、戦慄く汐梨の唇に触れるだけのキスをする。

途端に蕩けそうな甘やかさに包まれ、刺々しい心が落ち着きを見せてきた。

「汐梨、今夜……俺の家においで」

「でも、夜勤……」

「連日、朝から働き過ぎ。幸恵も危機感を抱いている。あなたが休まないと、彼女たちも休めない。ここはチームワークが必要だ」

「……っ」

「他の系列ホテルから応援を頼んでいる。今頃、到着しているはずだ。総支配人には仕事分担の見直しをお願いしている。チーフも上役と現場に立って、少しでもフロントスタッフを休ませたいと言っていたよ」

汐梨は自分のことよりも、皆がひと休みできる状況に改善されたことにほっとした。

「ここは上の判断に従い、休めるうちに休んで、あなたの気力を取り戻さないと。これからチームシオリンとして闘いが始まるんだから」

「……うん、わかったわ」

「よろしい。今の汐梨は、あまりにも気を張り詰めすぎて痛々しいから」

「わたし、普通よ？」

「わからないくらい、テンパっているんだよ。それに……俺にも汐梨を充電させてくれ」

甘やかに誘われ、汐梨の胸はきゅんと高鳴った。


都心にある高層マンションの上階――。

黒いタイルで覆われた浴室の洗い場で、汐梨の弱々しい声が響く。

「洗っているだけなのに、変な声を出さないの」

「そんなこと、言ったって……ああ、だからだめ！」

タイルに座る累が、汐梨を後ろから抱きしめるようにして、ボディシャンプーで泡だらけの汐梨の体を洗浄していた。技巧的に動く累の指が、きめ細やかな泡を肌に擦りつけてくる。

それは羽毛で肌を愛撫されているようで、ざわざわとした弱い刺激に、汐梨は身震いしてしまう。

両胸に円を描くように累の手のひらが動き、時折指先で蕾を揺らされる。

「ふふ、硬くなってきたけど、もしかして洗っているだけで感じてしまった？」

「か、感じてなんか……ん、はぅっ」

累の指が、強めに蕾をくりくりと捏ねたのだ。

汐梨の体がびくびく跳ねてしまう。もどかしい刺激が熱となって秘処に集まり、無意識に腰を揺らして硬いものに擦りつけてしまった。

すると累がびくっと震え、洗浄という名の愛撫を休止すると、ぎゅっと汐梨を抱きしめた。

そして汐梨の肩に顔を埋め、乱れた息を整えている。

「……不意打ちするなよ」

「え？」

「汐梨が擦りつけているの、どこだと思ってる？」

そこで汐梨は初めて腰が動いていたこと、そして秘処を擦っていた正体を知る。

「きゃっ」

「逃げられるのも傷つくな……」

笑う累は、逃げようとする腰を捕まえると、そのままタイルの上に仰向け（あおむけ）になり、汐梨を跨がらせた。

「いいよ、汐梨。思うぞんぶん、気持ちよくなって」

「え？」

視界の下方には、そそりたつ累の剛直がある。

秘めたる場所だし、じっくり見るものではないと思うのだが、何度も繋がっている場所だしと、ちらちらと見てしまう。

すると累はくすりと笑い、汐梨の手を掴むと己の剛直に触れさせた。

汐梨が驚いた声を出したのと、累が鼻にかかったような悩ましい声を漏らすのが同時だった。

「気持ち、いいの？」

「ああ。汐梨に触られていると思ったら、たまらない……」

累に添えられた汐梨の手は、ゆっくりと太い軸を前後に扱く。

筋張ったそれは雄々しく、迫力がある。

（こんなに大きいものが、わたしの中に……）

想像するだけで下腹部の奥がじわりと熱くなってくる。

やがて累の手は、汐梨の手で剛直の硬い先端部分を掴ませると、そのまま左右に回転させたり先端を指で擦るようにしてみせた。そのたびに、半開きになった累の唇から悩ましい吐息が漏れる。

「は、あ……汐梨、あぁ……」

濡れ髪を乱して、累が感じている様は、眩暈がするほど色っぽい。

そして呼応するように秘処が疼いて仕方がなくなる。

それがわかったのだろう、累は剛直から手を離すと、より迫力を増した己自身で汐梨の秘処を擦りつけた。

さっきまでは恥ずかしかったのに、今では手で触れた彼の部分を感じたくてたまらない。

汐梨は剛直の上に腰を落とし、累に覆い被さるように体を倒すと、ゆっくりと腰を動かした。

熱い粘膜が摩擦され、直に触れる熱と感触に体の芯から蕩けそうになる。

「あ、ああっ」

累が感じていた場所でよがる自分。どこか倒錯的な気分に浸りながら、にちゃりにちゃりと卑猥な音をさせながら快感を拾っていく。

（あ、この先っぽのごりごり……気持ちいいところにあたって、いい……）

快感を生み出す場所に累の先端を当てて悶えていると、熱を帯びた累の目が、恍惚感に細められた。なにかを訴えるかのように切なげに汐梨を見つめながら、汐梨とともに乱れた呼吸と喘ぎを響かせる。

「ん……あ、んぅ……」

「は、ぁ……、ん……」

やるせない吐息が漏れる累の唇。

彼が感じてくれるのが嬉しくて、もっとその吐息を感じようと、汐梨は薄く開いている彼の唇に己の舌を差し込んだ。

いつも累がしてくれるように、累の口腔内を掻き回す。

そしてざらついた累の舌の側面を撫で上げると、累は艶めいた声を漏らして、汐梨の揺れる尻たぶを両手で鷲掴んだ。そして自らの腰も動かして、より力強く摩擦をしてくる。

（あ、ん……そんなに強くしたら、イっちゃう、ああ……挿れてほしい……）

蜜口に先端が掠めるたびに歓喜の声を漏らす汐梨に、累はくっと眉間に皺を寄せた直後、剛直を汐梨の蜜口から押し込んだ。

「あ、あああっ」

薄い膜がない累の感触に体が激しく震える。累は濃厚に舌を絡めながら、獰猛に腰を突き上げ、汐梨の奥を穿つかのように強く抽送する。

「ああ、だめ、出ていかないで。もっと、もっと……欲しい。気持ちいいの、累！」

がつがつがつと突かれ、体が戦慄にも似た強烈な快感の波が訪れる。

狂いそうになる衝動に、汐梨は錯乱したみたいに喚いた。

「いや、イキたくない。累ともっと一緒にいたい……！」

しかし問答無用に襲ってくる怒濤の快楽が、汐梨を壊すかのように激しく駆け抜ける。

「ああ、あああああっ」

大きな絶頂を迎えた瞬間、呻いた累は結合を解いた。

そして汐梨の腹に向けて、白濁の熱い残滓を勢いよく放つ。

体を痙攣させている汐梨を強く抱きしめ、ぶるっと震えると、累は貪るようなキスをした。

「我慢できなかった。あなたの中、生で感じたら……理性がなくなる」

「わたしも……直の累に、おかしくなりそうだった」

一ミリにも満たない薄さでも、距離がなくなれば、こんなにも気持ちいいものなのか。

こんなに強く彼を渇望してしまうなら、すぐに子供ができてしまいそうだとも思う。

「子供……孕ませようか、ちょっと悩んだ」

ぼそりと累は言う。

「だけど順序が必要だ。見合いの時とは違うから」

それなのに、外に出したのが不本意だったとでも言いたいように、汐梨の肩でぐりぐりと頭を擦りつけてくる。種付けしたいという、男の本能というものなのだろうか。

「もし子供ができたら言ってくれ。喜んで父親になるから」

汐梨は思わず笑ってしまった。

「喜んでなってくれるの？」

「もちろん」

「嬉しい。ありがとう」

汐梨は累に抱きつくと、芯を失っていない剛直がぶるりと震えて悦(よろこ)びを示した。


快感に紅潮した汐梨の体が、艶めかしさを強めている。

累が愛すれば愛するほど、汐梨はどこまでも至高の女になる。

累の愛に全身で応え、そして累のために変化を見せようとする汐梨。

どこまで惚れさせる気だろう。

今、彼女の目が自分に向いており、彼女の口から自分の名前が出てくると思ったら、累は歓喜に叫び出したい衝動に駆られるのだ。

今までどれほど心を通わせたいと思ったか。

彼女に助けられるだけの荒れた学生時代。

あまりに情けなく速攻に葬りたい黒歴史ではあるが、そこに彼女がいるのなら、その過去すら愛おしい。

どれだけ会いたいと願ってきただろう。

どれだけ愛し合いたいと思っただろう。

彼女にとって一番になるために、彼女に恥じない自分を必死に作ってきた。

再会できたのは運命だと思ったのに、彼女にはこの先の愛を捧げる婚約者がいた。

打ち解けた笑みを見せてくれても、そこには愛がない。

自分と会った帰りに、恋人の家に寄り、濃厚に愛を交わし合うのかと思うと、怒りと悲しみが渦巻き、嫉妬に狂いそうになった。

頭を冷やしに何度も冷水シャワーを浴びても効果はなく、彼女を想って猛る己自身を扱いて慰めた。

——シオリ、シオリ！

知っているのは、彼女の声と顔と名だけ。

恋い焦がれる名前を何度も口にして、愛おしさに涙しながら達し……虚しくなった。

……欲しい。彼女の心ごと、すべてが欲しい。

彼女を幸せにするのは、世界で自分だけであってほしい——。

それから時が経ち、今——苦しかった恋は叶い、求めていた彼女が腕の中にいる。

もう汐梨は誰かのものではなく、自分だけのものになったのだ。

この喜悦、この感動——言葉で表現しきれない分の愛は、体で伝えるしかできない。

「ぁんっ、ああんっ、累、累……！」

汐梨を後ろから抱きしめながら、後背位で貫く。

空気の混ざったような生々しい音を響かせながら、先刻直接吐精したかった……深層部分を目がけて、薄い膜を被せた剛直で何度も激しく穿つ。

「ああ、奥……奥にもっと、累、あああ！」

元々敏感な汐梨だが、今日の乱れ具合はかなりのものだ。

忘れたいことが山ほどあり、精神がまいっているのだろう。

寝かせてやった方がいいのかもしれない。

でも汐梨の中から、憂いごとを……とりわけ宗佑の記憶をすべて消し去りたい。

彼女の心身に刻まれた、宗佑とのセックスに関するすべてのものを上書きしたいのだ。

どうして汐梨を苦しめようとするのだろう、宗佑も愛里も。

汐梨がなにをしたというのだろう。

ふたりが互いへ向ける感情より、汐梨へ向けられるものの方が、執着めいたものを強く感じてしまう。

それはまるで愛のように。

……ああ、もしかするとそれが愛の形なのか。ふたりが気づいていないだけの。

累は嘲笑いながら、たった今体を震わせて果てた汐梨を横に転がし、横臥の姿勢で足を絡めた。

汐梨は息も絶え絶えなのに、儚く消えようとはせず、まだ艶やかに咲こうとしている。

しっとりとした唇を重ね、舌を絡める。互いに舌を吸い合いながら、汐梨の片足を大きく持ち上げ、予告なしにずんと挿入し、そのまま抽送した。

「あっあっ」

「汐梨、たまらない女の顔をしている」

「んん、累も……」

尽きぬ欲情。急くように込み上げてくる衝動に我を忘れそうになる。

「ああ、汐梨、汐梨！」

愛おしさが止まらない。

汐梨のすべての表情に惹かれ、彼女に触れているだけで泣きたくなる。

汐梨を二番目に貶めない。

累にとってはどこまでも一番の、最愛の女なのだ——。

「愛してる。愛してる、汐梨」

口に出してもまだ切ない気持ちが強いのはなぜだろう。

込み上げるこの衝動が、愛するということなのか。

愛しても愛しても、なおも愛に飢え、愛を求める。

愛とは、どこまで貪欲なものなのか。

「累……」

何度目かの絶頂を迎え、汐梨は微睡み始めた。

体力の限界なのだろう。

縋り付いてくる汐梨に腕枕をする。

……いまだ彼女の隣で眠るのが怖い。

目が覚めたら——彼女がいなくなっていたらと。

彼女がいない日々が現実であったならどうしようと。

でも信じたい。この先、久遠に彼女と進むことを。

そのためには、宗佑と愛里のことは決着をつけるしかないのだ。

もう二度と、汐梨に触れさせないために。

そんな時、サイドテーブルに置いてあった累のスマホが震えた。

閑からのメールだ。

『宗佑の調査結果は予想通り。架空請求や経費の私的流用が露見したため解雇。弁済したから、会社は告訴をしなかった模様。宗佑は親に頼り、金を工面してもらう代わりに縁を切られたようだ』

そして二通目のメールがくる。

『愛里の店は、母のブランドの直売店らしい。愛里を叩きのめすために、母にも一枚噛んでもらう』

「奥様は確かに力強い助っ人ではある。閑と同じく、汐梨をかなり気に入っているし」

宮園夫人……咲花は、累の母親と仲がいい。名家の令嬢との見合い話を断り続ける累に困り果て、母親は咲花と相談の上、ふたりで閑との縁談を進めようとしていた時期があった。

——ねぇ、累。将来閑の婿になって、宮園を引き継いでよ。閑は将来、美人になると思うの。

どんなに親しかろうが、美人だろうがなかろうが、そんなものは関係ない。

——俺には想い人がいます。彼女以外の女性とは、結婚する気はありません。

あまりにもきっぱりと断ったから、逆に咲花は累の想い人に興味を持ってしまった。閑づてに汐梨の存在を知り、愛娘よりどこがいいのか見定めに、偽見合いに乱入してきたのだろう。

見合い前から累に渡すルームキーや避妊具を用意するくらい、既に汐梨を気に入っていたくせに、見合いの場で汐梨を試す真似をしたのは、累の両親を納得させるためだ。累が選んだ女性は素晴らしいと。

もしも咲花が汐梨を気に入らなければ、累が降参するまで、延々と閑との縁談が持ち出されたと思う。

——累。この見合いは茶番どころか、母たちの暴走を完全に抑えるやもしれぬぞ。

……閑との結婚話がなければ、閑の退屈な日常に笑いを提供する、ピエロの役など了承しなかった。

だがそれを我慢して、馬鹿げた茶番を利用してまでも、汐梨を捕まえたかったのもまた事実。

葛藤と戦い続けてきた日々を思い出し、累がため息をつくと、またスマホが震えてメールが来た。

『チームシオリンは一致団結ぞ。シオリンを傷つける者には報いを！』

チームシオリン……そこに累も入っているらしい。

「はぁ。汐梨は俺だけのものなのに。あちこちに汐梨のファンがいるとは……くそっ、妬ける」

真の所有者をはっきりさせるために、累は眠れる汐梨に密かに赤い花の印をつける。

これは、自分だけの最愛の花なのだと主張して——。

第五章

宗佑が勤めている『愛らぶネットワーク』は、副都心池袋の古びたビルの地下にある。

裏路地に面し、さらに背の高い建物に挟まれて日も当たらない。

いかがわしい雰囲気が漂う場所だった。

汐梨が宗佑に電話をした時、宗佑は開口一番こう言った。

——なあ、汐梨。金を貸してよ、とりあえず五十万くらいでいいから。

不躾で非常識な申し出を断る理由として、ただひと言……『上が話を聞きたいから、宗佑の会社に行ってもいいか電話したんだけど、キャンセルでいいね』と電話を切ろうとしたところ、狂喜乱舞していると思われる宗佑の弾んだ声が聞こえた。

そして午後一時、汐梨は宗佑の会社に足を踏み込んだのだった。

同行しているのは、累ひとりである。

宗佑の会社はタバコ臭い。そしてゾンビのように虚ろな目をしてふらふら歩く社員があちこちにいる。そんな中、どこからか怒声が聞こえた。

「できないだと⁉　なんのためにエンジニアを採用したと思っているんだ！　一週間寝ていないからなん

だ？　これ見よがしに鬱病の診断書なんて出してサボろうとするな！」

なにかを破る、ビリビリと音がする。

（なんか……ブラックもブラック、ここ……ヤクザの会社？）

なにが愛らぶなのかわからず、汐梨は恐怖に萎縮していた。

汐梨と累が通されたのは応接間らしいが、埃をかぶって汚らしい。

女性社員が茶を出してくれたが、茶碗の縁が欠けている。

煎茶とはいえない……限りなく透明に近い黄緑色の液体を、口に含む気分にもなれない。

（煎茶を買う経費も出してもらえないのかしら……）

壁の高い位置には神棚がある。神聖さなどなにもない、異質な存在だった。

「なんかもう、いろいろとぶっ飛んでいるわね、ここ……」

「俺も足を踏み入れたのは今が初めてだけど、これはメスをいれさせないといけないな」

累の目が鋭く光った。

コンコンコン。

ノックの音が響いて、やけににこやかな宗佑と、頬に傷痕をつけた……どう見ても堅気ではない顔をした、殺伐とした雰囲気の男性が入ってくる。

（こ、怖いんですけれど！　もしかして今まで怒鳴っていた男性⁉）

しかし累の表情はなにひとつ変わらない。

その強面の男は舐めるように汐梨を見た後、累に言った。

「総支配人さんか？　社長の市瀬（いちせ）という」

渡された名刺は、端が折れた古ぼけたもの。それなのに社名とはまるで関係ない、金色の紋のようなマークが威圧的にぎらぎらと光っている。

「ああ、あんたの名刺はいいよ。この林田の知り合いだと聞いているし」

「恐れ入ります」

累は頭を下げて微笑んだ。特異なオーラを放つ男にまるで怯んでいない。

「林田！」

「はぃぃぃぃぃ！」

大声で名を呼ばれた宗佑は、見ているだけでも気の毒に思うくらい蒼白になって震え上がり、手にしていた書類を机に広げた。ずっとその手はカタカタと震えている。

「この度は当社にご依頼、ありがとうございます。こちらは見積もりです。三日の作業で悪意ある投稿はすべて消し去ります。もし今後がご心配であれば、オプションの保守契約にしていただければ、年に約百万の費用でネットを監視し、この先同様な投稿があってもすぐに取り除きます」

どこか上擦った声を出し、宗佑は勝手に作った見積書を提示した。

細かく内訳が書かれているが、保守サービスにしなくとも、八百万かかるらしい。

「そしてこちらが新システムのご提案としてですが……」

そしてこちらもまた、頼んでもいないのに見積書を見せられる。

（わたしの目と頭がおかしくなければ、ふたつあわせて二千万超えるんだけど……）

完全にぼったくりである。

「これでよろしければ、契約書にサインを……」

見積書を見て数十秒に、速攻決めろと契約書まで出てきた。

さらには厳めしい社長も、語気を強める。

「いいか、これは特別価格だ。時間がかかればかかるほど、見積書の額は大きくなる！」

（今度は脅しか！）

汐梨は、ずきずきと痛む頭を押さえた。

汐梨ひとりで乗り込んできたら、この社長が怖くて正常な判断もできなかっただろう。

しかし今は累がそばにいるだけで、すごく冷静に物事を考えられる気がする。

「中々の金額ですね」

累はふたつの見積書を両手にとると、ゆったりと笑った。

「費用がかかっているのは、特急料金という項目と作業を行う人件費。では作業期間が三日と急がず、一年かかってもいいから保守抜きで、五十人という人数ではなくふたりくらいで、と言ったら、見積もりはどう変わりますか」

すると宗佑はさらに青ざめ、恐る恐る社長を見る。助けを求めているようだ。

「不特定多数の誹謗中傷に困っているんだろう？　一年放置すると、どれだけの被害になるのか……わからないのか」

「ははは。それはご心配いただかずとも結構。うちの問題ですから」

累は笑い飛ばし、ゆっくりと長い足を組んだ。

「逆にお聞きします。ネズミ算式で増える不特定多数の誹謗中傷が、三日の作業で消去できる根拠は？　具体的にどんな方法で作業をするのか教えていただけますか。林田さん」

すると宗佑は狼狽えながら、もごもごと言う。

「それは……企業秘密でして」

答えられないらしい。

「緊急対処が必要な所なら、藁にも縋る思いでぼったくりを受け入れるとも思いましたか？　社長もいろいろとご存じのようだ。自作自演をしているのは林田さん個人によるものか見定めにきましたが、どうやら会社ぐるみのようですね。本当に御社は、なにひとつ体質を変えようとしないブラック中のブラックだ。前回の警告で、懲りたと思いましたがねぇ」

「な、なんだと！」

社長は怒りを見せるが、累は構わず続けた。

「はっきり言いましょう。あなた方がしているのは、刑法二四六条に該当する詐欺行為。その他、不特定多数に誹謗中傷を広めたことは、侮辱罪、名誉毀損罪、信用毀損及び業務妨害罪」

「ホ、ホテルマンのくせに、知ったかぶりしていい加減なことを言うな」

（知ったかぶり、ねぇ……）

累の独壇場に追い込められていることを、まるで自覚していない社長が、少しだけ哀れにも思えてくる。

「全国のホテルマンが憤慨してしまう言い方ですね。残念ながら私は、ホテルマンではないんです」

そして累はポケットから取り出した金色のバッチを胸につけ、社長にいらないと言われた名刺を差し出して言った。

「申し遅れました。私は宮園グループ顧問弁護士、劔崎累といいます。このたびは、我がグループ系列であるホテル『カルムYOKOHAMA』におけるトラブルについての処理を一任されています」

社長が悲鳴混じりの声をあげる。

「み、宮園……い、いやそれより、け、劔崎……！　冷血と名高い、あの法曹界の寵児か！」

「別件ですが、過去何度も書面で失礼しました」

「ひぃぃぃぃぃ！」

汐梨は社長の怯え方を見ながら、累はなにをしたのだろうと思う。

（累さんは優しいのになあ……）

「私が訪問したことで予想がついていらっしゃると思いますが、悪意ある投稿が、何時何分どこの場所から誰が投稿したか、すべて把握しています。一覧、お見せしましょうか？」

社長はぶんぶんと首を横に振りつつ、印籠を突きつけられたように震え上がった。

「そうですか。それとうちにも、優秀な技術士がいましてね。開発した監視システムで投稿削除をしていますので、作業完了まで三日もかかりません。さらに、悪意ある投稿者には、損害賠償の内容証明を送る旨、通知をしています。今頃、林田さんのパソコンやスマホにも、通知が届いているのでは？」

宗佑がスマホを取り出した。それを見ている時点で、宗佑も投稿をしていたと認めたも同然だった。

「ま、まだ来ていない……」

怖れているような安堵しているような、複雑な声色だ。

「それでは、楽しみにお待ちください。むろん、スマホの電源を落としていたところで、後日ご自宅に、郵便物が送られてくるだけですので」

さらに累は続けた。

「そうそう。今回の件は、投稿者の実名を公表します。たとえ誹謗中傷による罪が軽く終わったとしても、実刑判決よりも過酷な社会的制裁を受けると思いますので、お覚悟を」

「そ、そんな！　俺は、俺は……！」

そして宗佑は情けない顔で汐梨を見た。

「汐梨、助けてくれ！　お前はまだ俺が好きだろう？　なあ、復縁してもいいから、俺を……」

汐梨は冷めきった顔をして言った。

「どうして、まだわたしが宗佑を好きだから、助けると思えるの？」

「し、汐梨……？」

「馬鹿にしないでくれる？」

なぜこんな情けなく自己中な男を好きだと思ったのだろう。結婚しようと思えたのだろう。

「愛里に頼めばいいじゃないの。相思相愛の」

「あ、愛里に言ったら、離れてしまう。せっかく今、別れたそうにしている彼女を繋ぎ止めているのに」

「それでよくわたしに、復縁するなんて言えたものね。二股が許される身分とでも？」

「し、汐梨が悪いんじゃないか。俺を満足させてくれないから！　俺は愛里によって初めて、心身で愛し愛される喜びを知った。涸れ果てている汐梨にはわからないだろうけど！」

――濡れもしない不感症のお姉ちゃんが、宗佑を満足させてあげないから悪いのよ。

（わたしが悪いの？）

「哀れだな」

累がため息交じりに言う。

「愛里を離したくない理由は、愛ではなく、お前がセックス依存症だからだ」

宗佑に向けられるその目は、厳しいものだった。

「な……。ひとを病気扱いするな！」

「事実だ。慎ましやかな汐梨とは違う、愛里との奔放なセックスに夢中になり、病的に魅入られているだけだ。それに気づかず、愛里の体欲しさにお前は会社の金を横領して貢ぎ続け、懲戒処分を受けて解雇された」

律の調査結果は、既に汐梨の耳にも入っていた。

宗佑は欲に目がくらみ、すべてを無に帰したのだ。

「親に泣きつきその金は会社に返済したものの、再就職ができずにいたお前を拾ったのは、ここ。ヤクザのフロント企業」

「ヤ、ヤクザのフロント……？」

宗佑は顔を引き攣らせる。

累は神棚を指さした。

「あそこに飾られている紋は、社長の名刺にあるのと同じ稲城組の代紋。つまりお前は、ヤクザへの資金を集めるために過酷なノルマに病み、稼いだわずかな金で愛里の体を買っていた」

そして累は、冷徹な目をしたまま、喉元でくつくつと笑う。

「落ちぶれたものだ。愛里の色香に惑わされず、汐梨への愛を貫いていれば、笑顔に満ちた幸せな未来が待ち受けていただろうに」

「お、俺を低俗のように言うな！　愛だよ、真実の愛なんだよ！　より強い愛の証明のために俺は……」

「真実の愛？　気に入った風俗嬢を毎回指名し、なけなしの金を払って遊ぶのと、お前が愛里に貢いでセックスさせてもらっていることと、一体なにが違うんだ？」

累の言葉は辛辣だ。

「大体、お前を愛している女が、お前との秘めたる愛の証を、姉や他の誰かに見せようとすると本気で思うのか？　俺には……愛里はお前より、姉への執着の方が相当に思えるけどな」

宗佑はなにも答えなかった。なにも答えられなかったようだ。

「それに今回、訴訟沙汰になれば、愛里はすべてお前の責任にするだろう」

「そんな……！」

「血が繋がる姉の婚約者を寝取り、さらに平気で陥れようとする女が、お前を庇うと思うか？　それともこう言った方がいいか。お前を狂わせた魔性の女が、この先もお前だけで満足できると思うか？」

宗佑は押し黙った。否定できる要素がなかったのだろう。

（宗佑も、愛里との爛れた関係に愛がないことに、気づいていたのかもしれない。薄々とでも）

「も、元はといえば愛里が、汐梨を困らせようとしただけだ」

そして――宗佑は、保身のために暴露する。

「俺のプライドを傷つけた汐梨が悪いのに、汐梨が被害者ぶるなんて許せない。しかも恥をかかせようとするとは、俺への未練があるから復讐のつもりだろうって。だからやり返し、汐梨に反省をさせようと」

（な……に、それ）

「あんなホテル潰れたって関係ない。特定されたら面倒だから、俺の転職先の同僚にも、アルバイト感覚で手伝ってもらえばわからなくなるからって」

それは汐梨の唇を戦慄かせた。怒りに体温が上がるどころか、冷え切ってしまっている。

累もまた、絶対零度の眼差しを向けて宗佑に言う。

「そしてこっそりと同僚に頼んでいたのが社長にばれ、これは利用できるかもと、会社ぐるみで偽投稿に力を注ぎ、何食わぬ顔でカルムに仕事を持ちかけてきたのか」

「お、おおお……俺は悪くない！」

「では悪いのは社長ということで？」

累が社長を見ると、彼は震え上がり否定する。

「それは林田が勝手にやったことだ」

「社長⁉」

「……どちらの責任かは、司法に判断してもらいましょう。今回は、徹底的にやらせていただきます。証拠の証言は、きちんと録(と)れましたしね」

累は胸ポケットに入れていた、ペン型のＩＣレコーダーを見せた。

「それでは、また改めてご連絡いたします」

累が立ち上がろうとした時だ。

汐梨は大きく息を吐き出してから、静かに宗佑に言った。

しっかりと宗佑の目を見つめながら。

「今の宗佑、最悪だよ。すごく醜い。いい年をして、やっていいことと悪いことも判断つかず、愛里の言うがままだなんて……男としても、人間としても最低。虫けら以下」

今まで汐梨は、人を扱(こ)き下ろしたことはなかった。

宗佑はそれを知っているだけに、そんなことを言われるのがショックだったみたいで、固まった。

「それと、これだけ最後に言わせてもらうけど……、今わたし、生まれて初めて恋をしているの。だけどそれは宗佑へじゃない」

「え、生まれて初めてって、俺とは……」

「愛の花は咲いていなかった。最初から宗佑とは、芽すら出ていなかった」

汐梨は、無性に泣きたくなる心地なのを堪えて言う。

「ホテルで小さな女の子が言っていたでしょう？　あれが真実。あなたを見限っていたの、最初から。愛していなかった。愛里と同じように」

「し、汐梨……」

「ごめんなさい」

汐梨は頭を下げた後、きっぱりとこうも言った。

「だからわたしのことは金輪際、関わらないでください。あなたとの復縁もありえない」

そして汐梨は累を促して立ち上がると、言い捨てた。

「わたし、あなたと別れてよかったと心の底から思うの。だって、今の恋人の前では、わたしは愛に潤うことができる。涸れ果てていなかったみたいよ、心から愛するひとの前では」

すると宗佑は絶望に満ちた顔をして、ずるりと、椅子から滑り落ちた。

宗佑の会社を出ると、汐梨はぼんやりとひび割れた建物を眺めた。

廃れた地下の世界から、這い上がってこられるかどうかは宗佑の意思ひとつ。

彼が今後どうなるのか、きっとそれを知ることはない。

「ばいばい」

小さく口にする。

累が汐梨の肩を抱いた。

「これで愛里が主犯であり、悪意を持って投稿をしていたという証言がとれた。しかし……林田、いまだ汐梨に愛されているという自信があったんだな」

そして一旦言葉を句切った累は、重々しい口調で続けた。

「もしかするとだけど、汐梨が泣いて『好きだから別れたくない』と縋り付いてくることを、心のどこかで期待していたのかもしれない」

「ははは。そうだったら、あまりにも自己中すぎる。わたしだって、感情があるのに……」

――結婚してください。俺にとって汐梨は、永遠に一番だから。

汐梨はそのまま、記憶に蓋をする。もう、思い出すこともないだろう。

「……宗佑にとって一番だったのは、愛される自分……だったのかもしれない」

こぼれる涙を手で拭うが、後から後から涙は落ちる。

「汐梨……」

「違うの。宗佑に未練があるからとかじゃなくて……。ただ、なにか……泣きたくて……」

累は黙って汐梨を抱きしめた。

『Mode Emisia』は国内で屈指の高級ブランドだ。

服のデザインは上品でありながら、クールすぎず甘すぎず、男性受けもいい。デートに困ったら、このブランドに頼れば間違いないと言われている、OL世代に大人気のブランドである。

『Mode Emisia』本社は汐留にあり、フランチャイズ契約をした直売店は国内に多数ある。売上がいい店舗には特別手当が支給される他、限定品が卸されたりして話題を集め、さらなる収益を見込める。

苛烈な競争の中で、売上トップを独走している店舗の店長が、愛里だった。さらに愛里は独自にSNS宣伝を広げて、カリスマ店長としてマスコミにも登場したりする。

元々はモデルや芸能人になりたかった愛里は、己の美貌を引き立てるファッションセンスもよく、こうして注目されてちやほやされるのは願ったり叶ったり。

さらに今秋『Mode Emisia』の役員待遇という昇進と、彼女が受け持つ新店舗がふたつ増える予定だ。

誰もが憧れる高みの場所へ、ようやく到達できるのだ。

……姉の汐梨より先に。

これでようやく、汐梨も自分に勝てない現実を思い知り、自分を無視できなくなるだろう。

認めるはずだ。彼女よりも優位な存在として。

順風満帆そうに見える愛里だが、大きな憂い事があった。

「あの馬鹿は、どうして私の名前を出すのかな」

汐梨から奪った男……宗佑を利用して、汐梨が勤めるホテルに誹謗中傷のデマを流させたら、逆に訴訟されたのだ。しかも愛里を庇うどころか〝主犯〟扱いして、助けろと電話をかけてきたのだ。

一流企業に勤めていたからもっとうまくやれるかと思ったのに、とんだ見込み違いだった。

あまりにうざいから、すべてをブロックしたらせいせいしたが、今度は内容証明郵便で送られて来た。送り主はホテルの顧問弁護士らしく、教唆罪だの侮辱罪だの名誉毀損罪だの……頭が痛くなったから、あまり詳しく読まないでゴミ箱へ捨てた。宗佑が自分を売ったに違いないが、応答しなければいい。

ホテルを炎上させた証拠は残していないが、今まで散々と愚痴を書いていた鍵付きのSNSの記事は削除した。それだけ読めばなんのことかわからないけれど、念のために。

宗佑に巻き込まれたら、輝かしいキャリアをすべて棒に振ることになる。そんなことになれば、ホテルの職にしか就けない汐梨に馬鹿にされるではないか。

所詮お前は姉の陰で生きるしかない、ざまあみろと。

「ま、私は一切証拠を残していないから安心だし。実行犯はあいつだから万が一の時は、嘘泣きでもして被害者ぶればいいや」

元々宗佑が好きだったわけではない。向こうもそうだろう。

会った時、彼は汐梨にベタ惚れだった。見向きもしないから執拗にアプローチしたら、汐梨とのセックスにコンプレックスを抱いているのを知った。そこを突いて誘惑したら、ようやく心を動かして汐梨を捨てたのだ。汐梨よりも自分の方がいいと認めてくれたのだ。

しかしいつもセックスしか頭になく、盛った動物のようで気持ちが悪かった。

さらにエリート意識がやけに強く、段々とモラハラ的な言動も露わにしてきて、面倒だと思っていたのだ。

利用するだけして別れようとしていた矢先のことだった。

「でも……風俗で鍛えたテクニックって、役に立つわよねぇ……」

両親が亡くなった後、汐梨は愛里を近くに住む叔母に預けた。まだ中学生の愛里は、安定した家庭で育てた方がいいからと叔母に説得されたらしい。しかし叔母は、汐梨から仕送りという親の保険金を狙い、手懐けるのが簡単そうという理由で愛里を欲しただけで、愛情を注いで愛里を育てようとはしなかった。

家事ができない愛里は、幾度も汐梨と比較されて出来損ないと罵られた。それは、自分を捨てて自由な独り暮らしを楽しんでいる姉への対抗心を強め、愛里は身を守るために、相手に媚びて操ることを学んだ。

姉より劣っていないことの証明に、姉の信者を奪ったこともあるが、汐梨の悔し涙は見たことがない。

社会人になって汐梨と疎遠になったが、突然婚約という幸せ自慢に現れたから、怒りが再燃した。

今まで汐梨に負けないように頑張ってきた。自分の華々しいキャリアは最早確定。

あと自分に足りないのは、伴侶となるハイスペックな男だ。

宗佑なんて冗談じゃない。商社マンだった時ならまだしも。

もっと誰もが羨み、絶対に愛里には勝てないと膝をついてしまうような、一流な男を――。

その日は、『Mode Emisia』のデザイナーとの対談を控え、デザイナーとマスコミがやって来る予定だ。

対談の機会を与えてくれたのは、『Mode Emisia』が自分を認めているからなのだ。

気合いを入れて化粧をし、対談の時間まであとわずか——そんな時だったのだ。

店に、思わず見惚(みと)れてしまうほどの美貌の男が現れたのは。

仕事柄、身に着けている服装だけで、大体のスペックがわかる。

男が着ているスーツは既製品ではない。超高級布地で仕立てられたものだ。

今、店内には他のスタッフはいない。存分に……この男を狩れる。

「いらっしゃいませ～」

「すみません、店長はいらっしゃいますか」

男は愛里を名指しした。

「私ですが……」

「それは失礼しました。ようやくお会いできて光栄です」

男が社交辞令で仮面の笑みを見せているとは知らず、愛里は勘違いする。

男はどこかで自分のことを知り、口説きに来たのだと。

「申し遅れました。私は劔崎累と言います」

ケンサキルイ——初めて聞く名前だ。

すぐに名乗るということは、距離を詰めたくて仕方がないのだろう。

愛里は舌舐めずりしたい気分をひた隠し、過去、男を落としてきた……自慢の上目遣いで応対した。

今から遡ること一時間前——。
——愛里のところに行こう。
累がそう口にした瞬間、汐梨の中に拒絶感が湧き上がった。
愛里の自供をとるためとはいえ、累を愛里に会わせたくないと思った。
累が彼女に靡くとは思えないが、それでも……愛里はかなりの美人なのだ。
だからいつも男は愛里に夢中になる。
累をとられたくない——そう口にすると、累は幸せそうに微笑んで汐梨を抱きしめた。
——あぁ……汐梨にそう思ってもらえるなんて、俺、幸せ。
——俺のすべてを縛っていい。俺は……ずっと汐梨に特別視されたかったんだから。
熱が滾った目でそう言われると、胸の奥がきゅんきゅんと疼いた。
——俺は汐梨以外の女に心惹かれることはないよ。絶対に。
——俺を信じて。
そして今、汐梨は都心の複合施設にある愛里の店にやって来たのだ。
案の定、累は秒で愛里にロックオンされている。

それを店外から見つめる汐梨の顔が歪むと、一緒にやってきた閑が汐梨の手をきゅっと握った。

「累はこの世で一番重い愛を、シオリンに捧げている。だから安心するがいい」

そしてニカッと笑みを見せられると、絆された気分になって笑みがこぼれ、心が少しだけ晴れた。

なぜ閑も一緒なのかと思ったけれど、彼女の存在は汐梨の心の安定剤になることを累は見抜いていたのかもしれない。

「劔崎さんのお仕事はなんですか?」

自分に気があると思っているらしい。愛里は媚びるようにして累のパーソナルスペースに踏み込む。

「弁護士です」

「弁護士! うわー、素敵です~!」

閑が呆れ返った顔で、汐梨に呟いた。

「累の名で内容証明が届けられているはずだが……彼女は字が読めないのか?」

「累さんの名前……画数が多いから、読めなかったのかも……」

「なるほど……」

視界では愛里が累の手を掴んで腕時計を見ている。

「うわあ、これって限定モデルじゃないですか。格好いいなあ……」

そしてさりげなく腕を絡ませようとするが、累はそれを振り解く。

「用件に入らせていただいてもよろしいですか」

「ずいぶんとストレートな方なんですね。いいですよ」

なにやら勘違いしてもじもじしている愛里に、累は言う。

「あなたの元に訪問した理由はふたつ。ひとつは、宮園コンツェルンの顧問弁護士として、あなたに最終通達をしにまいりました」

「宮園……って、あの大きなところですよね。そこの弁護士さんなんですか。やり手なんですねぇ」

(もしかして愛里、カルムが宮園系列だと知らないの?)

さらにその宮園の当主夫人は、この店の創業者でありデザイナーだ。

「……なあシオリン。妹は、あの宗佑とかいう男とお似合いの阿呆だな。累の肩書きに危機を感じるところか、喜んでおる」

返せる言葉もない。

累は大仰なくらい、盛大なため息をついて言った。

「内容証明を見られていないんですね。それとも理解できないだけなのか」

「……え?」

「あなたにわかるように説明いたしましょう。あなたが林田宗佑を使って誹謗中傷のデマを流した『カルムYOKOHAMA』は、ここ『Mode Emisia』と同じく宮園グループが経営している。あなたがしたことで宮園の名が貶められ、さらに株価にも影響が出る大損害。宮園はこのたび、林田宗佑とともにあなたも法に訴えることにしました。そう内容証明に書いたつもりだったんですけれどね、私は」

そこでようやく愛里は事態に気づいたようだ。

「え、だったらあの書類を送った弁護士ってあなたなの？」

「はい。私は宮園グループ顧問弁護士をしております」

累が名刺入れから取り出した名刺を、愛里はぶるぶると震える手で受け取る。

「わ、私がデマを流した証拠でもあるの⁉　したのは宗佑でしょう、私は関係ないわ！」

「その宗佑さんがあなたの指示だと仰っておりまして。それに……あなたが次々と消していった鍵付きのSNS記事には、教唆の証拠になることも書かれておりました」

「き、消えているのなら証拠がないも同然……」

「削除すればこの世から消えるものだと？　宮園の力を甘く見ないでいただきたい。証拠はきちんとあります。ご心配なさらずともね」

鍵付きの記事内容を手に入れたのは、むろん閑と律だ。

「そ、そんな……。ね、ねぇ劔崎さん。示談しましょう。ね、私を好きにしていいから、だから訴訟だけは……。こんなことを親会社に知られたら、築き上げてきたキャリアが……。ねぇ、好きなことしてもいいのよ」

愛里は累の腕に抱きついて大きな胸をぎゅっと押し当てていた。

……そうやって宗佑も誘惑したのだろうか。

（やだ、わたしの累なのに……！）

愛里は色仕掛けでなかったことにしようとするが、累はそれには乗らず冷笑した。

「キャリア、ねぇ……。ひとを踏みつけて利用して、手に入れようとするのはそんなものか。そのためにどれだけの人間が犠牲になったと思っているんだ！」

累の荒げた声に、愛里はびくっと震えた。

「すみません。とても気持ち悪くてたまらないので、離れていただけませんか」

累の眼差しは冷え切っていた。

「俺が宗佑のようにあざとい態度に陥落して、簡単に靡くと思っているんですか？　……甘く見ないでいただきたい。俺が愛を捧げたいのは汐梨だ。ハイエナのようなお前では役不足だ！　汐梨！」

累が呼ぶより先に、もう我慢できずに汐梨は駆けていた。

「累に……触らないで！」

そして敵意を剥き出しにして愛里の手を払うと、独占欲から彼の手をぎゅっと握った。

それを見た愛里の顔が驚愕(きょうがく)に満ちる。

「お姉ちゃん……？　なんで？」

いつだって汐梨は、愛里に強奪されても、諦めてすぐに背を向けていた。

しかし累はだめだ。仕方がないなど諦められるはずがない。

「そしてこれが、愛里さんに会いに来たもうひとつの理由」

累は微笑み、繋いだ手を持ち上げて愛里に見せると、汐梨の手の甲に唇を落とした。

「汐梨と、結婚前提でお付き合いをさせていただいております。そのご挨拶を」

「な……」

愛里は屈辱に満ちた顔で、唇をわなわなと震わせた後、悔しげに言う。

「ずいぶんと尻軽ね、お姉ちゃん。宗佑と別れたばかりなのに。劔崎さんはご存じですか、汐梨は……」

虚勢を張る愛里に、累は冷ややかな笑いを見せた。

「ええ、知っていますよ。あなたが宗佑さんを寝取ったこと。濡れないから……が理由でしたっけ。しかし私が相手であれば、まったくそんなことはなりません。むしろよすぎて溺れています」

屈辱なのか、累があまりに妖艶に閨のことを語ったからか、愛里は真っ赤になった。

「宗佑さんは愚かだと思いますよ。とんだアバズレにひっかかったばかりに、転落してしまったのだから」

アバズレ扱いをされた愛里の目が吊り上がる。

「俺はずっと待っていたんです。彼女の破談を。十年間もずっと汐梨が欲しくてたまらなかった。だから……彼女が宗佑さんと別れてくれて凄く嬉しいんです。こうして、ようやく俺のものになったから」

そして累は美しい笑みを見せて愛里に言った。

「ご協力ありがとうございました。俺たちの幸せのために、早漏でテクニック皆無の上、犯罪まで犯した男を体で釣ってくれて。あなたが自ら惨めな引き立て役になってくれたおかげで、俺はなにもしないで愛する汐梨を手に入れられた」

「な、な……」

「お似合いですよ、あなたと宗佑さん。主役になれない、セックス狂いのモブキャラ同士」

「ど、どこがいいのよ、そんなしみったれた女の！」

耐えきれなくなったのか、愛里が声を荒らげた。

「そうですね、あなたと真逆なところすべて、です」

あくまで愛里など眼中外とする累に、愛里の怒りはさらに強まる。

「私は出世が約束されているハイセンスな女よ⁉　世の女どもは、私の意見ひとつでどうとでも動くの。私を称えているの！　『Mode Emisia』はもう私なしでは存続できない。私のセンスは、世をリードして……」

愛里は必死だった。汐梨は傲慢で痛々しい彼女を、悲しみに満ちた眼差しで見つめていた。

愛里には、それだけしかしがみつくものがないのかと。

すると愛里は、汐梨の哀れんだ目が気に入らなかったらしい。

「私を見下さないでよ！　あんたなんかと私は違うの。なにその汐梨の服のセンス！　ヒマワリなんていつの時代のデザインよ。恥ずかしいったらありゃしない。どうせ無銘ブランドのものでしょうが！」

……もう、そんなものでしか、マウントをとれないのだろうか。

「……愛里。無銘であってもなくても、本当にいいものというものはわかるはずよ。ましてや店長として審美眼を培ってきたのなら。それとも、店長なのにこの服のよさが見抜けないの？」

「うるさいうるさい！　私の領域で説教するな！　服なんてただの付属品よ。高く買わせるだけのビジネスツールにしかすぎない。『Mode Emisia』だってそう、服なんてどうでもいいの。この世は裸の王様だらけ。売ったもん勝ちよ。たくさん売ることで注目されるのは、売った人間のセンス。私のセンスなのよ！」

……その時である。

「おごれるものも久しからず、ただ春の夜の夢のごとし」

累が平家物語の冒頭文を口にした。それを受けたのは――。

「猛き者も遂にはほろびぬ、偏に風の前の塵におなじ」

咲花と手を繋いだ閑だった。

宮園夫人の登場に驚き、汐梨は慌てて頭を下げた。

閑は汐梨と同じ服を着ていた。

見合いの日、咲花がプレゼントしてくれた、非売品のヒマワリ柄のサマードレスである。

そう。『Mode Emisia』の創業者でありデザイナーが、直接プレゼントしてくれたものだ。

愛里はよりによって、彼女のキャリアとなる『Mode Emisia』の服を、デザイナーの前で否定して貶しただけではなく、『Mode Emisia』を愛する気持ちなどないということを、暴露してしまったのだ。

「この服は……『Mode Emisia』のものよ」

汐梨が言うと、愛里は馬鹿にして笑う。

「私は『Mode Emisia』のプロよ!?　そんな服なんてないわ！　それは安物よ！」

「わたしが嫌いだからと服を差別しないで。しっとりとした布地とか、共通したコンセプトとか、愛里にはわからないの？」

「うるさいわね！　私が違うと言っているんだから違うのよ！」

そんな傍若無人ぶりに、汐梨は静かにため息をついて目を閉じた。

もしかするとわかっているのに、認めたくないだけなのかもしれない。

『Mode Emisia』は愛里が今まで築き上げてきた世界だ。

そこにはないものを持って乱入してくる汐梨が、理不尽な破壊者だと考えるのであれば。

しかし『Mode Emisia』をわがものとしている時点で、間違っているのだ。

愛里は『Mode Emisia』における、ただの……一社員にしかすぎない。

「もういいな、汐梨」

累は、頷く汐梨を見てから、咲花に尋ねた。

「奥様、本日のカリスマ店長との対談はいかがしますか?」

「しません。記者には帰ってもらいなさい」

その口調は厳しく冷ややかだった。

「それと、累。この女性を店長とした店舗拡大の件、昇進の件、すべての手続きをやめて破棄して。彼女にうちの商品は触らせません。委託契約も破棄し、ここは閉じます。すぐに準備を」

「かしこまりました」

「な……!? ちょ……」

さすがに愛里も、累と咲花との会話内容に、危機感を募らせたようだ。

そこに閑が畳みかける。

「母は『Mode Emisia』の創立者で、デザイナーであり、宮園グループ当主夫人でもある。表立つのが嫌いなため、別のデザイナーを代表にしているが、『Mode Emisia』のデザインは母の作。そして私やシオリンが着ているこれは、母の新作。『Mode Emisia』の公式WEBを見てみよ。これが載っているから」

「え⁉」

愛里はスマホから公式ページを見た。

震えたまま動きを止めたということは、その写真を見たのだろう。

「新作の事前連絡、受けてなかった……！」

「連絡がなくても、審美眼があるのなら看破できるはず。それでなくとも『Mode Emisia』を常に触れていられる環境にあるのだから。『Mode Emisia』の店員としても求められる、公正な精神をもたぬからこうなる」

すると愛里が、咲花の前で膝をついて土下座をした。

「お許しください。奥様。私は『Mode Emisia』で頑張りたいのです」

「無理ね。もう二度と、あなたが『Mode Emisia』を語ることは許しません」

「そんな、奥様！」

「大体、実の姉が気に入らないからと、うちのホテルを窮地に陥れて、自分だけ甘い汁を吸おうとする魂胆が許せません。宮園を甘く見ないでちょうだい」

すると歯軋り（はぎし）りをした愛里は、突然立ち上がり、汐梨に襲いかかろうとする。

しかし累が身を翻して汐梨を抱きしめて守り、愛里の手を振り払う。

愛里は床に尻餅をつきながら、わめいた。

「あんたが、あんたが私を陥れたのね！　またあんたの存在が、私の邪魔をする。あんたさえいなければ、私は〝あの雁谷坂汐梨の妹〟と言われない、主役の人生を送れたのに！」

汐梨が〝あの愛里の姉〟と言われたように、愛里もなにか言われていたのだろうか。

「どうして、汐梨ばっかり。どうして、どうして！」

「――それはわたしの台詞よ、愛里」

汐梨は言う。

「わたしが欲しい愛情をいつも奪い、独り占めしていたあなたをいつもそう思っていた」

「つらっとしていたじゃない。私がなにをしても。宗佑とのセックスを目撃しても、その残骸を目にしても、人を菌扱いまでしたくせに！」

……諦めすぎて、もう泣けなかった。

それが愛里を追い詰めていたというのか。

「……お主、シオリンの一番になりたかったのじゃな」

閑の声に汐梨は驚き、愛里はヒステリックに否定する。

「冗談を言わないで！　どうして私が……」

「そうか？　私にはお主が、大好きな姉に振り向いてもらいたいために暴走し、身を滅ぼそうとしているような気がする。私よりも小さな子供みたいじゃゃ」

「ち、違うわよ！」

「シオリンの親御は亡くなっておるな。だったら寂しかったのじゃろう。シオリンの代わりにちやほやしてくれる親御もなく、それを男や金に求めるも虚しいだけ。……しかし、お主が金を貢がせていたのは、なんのためじゃ。散財か、貯金か？　それとも……」

閑が店舗を見渡すと、愛里がヒステリックに叫んだ。

「売上に貢献したのよ！　自腹切ってでも売上を上げないと、マネージャーからきついお咎めがくる。一番でなければ、一番をとり続けなければ、大好きな『Mode Emisia』にも見捨てられてしまう！」

それはどこか切羽詰まったような声だった。

「一番でなければ見捨てられる、か。愛に代償を求めた付き合いしかしてこなかったのであろう。哀れよの」

閑の呟きの後、累が言った。

「――ひとつ言っておこう。汐梨の愛が欲しいなら、真心を見せろ。汐梨は人間だ。だったらあんたも人間らしく愛を乞え。それを邪魔するプライドを大事にするのなら、汐梨を愛する俺たちがあんたを滅ぼす」

その顔は厳しいものだ。

「カルムの件や奥様の『Mode Emisia』の件は情状酌量しない。媚びて泣きついて生きてきて今の傲慢なあんたがいるのなら、一度それを壊して底辺から這い上がって来い。それが、汐梨の愛に縋るあんたへの情けだ」

愛里はへたりと床に座り込んだ。

憎らしい妹だった。だけど可愛い妹だったから、なに不自由なくすごせるように、叔母に預けたのだ。

いつから、仲がよかった姉妹の関係が拗(こじ)れてしまったのだろう。

思い返せば、いろいろなものを愛里に奪われた。

しかし今、愛里の手元になにが残っているのだろうか。

もし愛里の言動が寂しさゆえに歪んだ結果だとしたら、それに気づかず、愛里と疎遠にしていた自分にも非があったのかもしれない。

それでも、婚約者を寝取ったり、自作自演でホテルに迷惑をかけていい理由にはならないけれど。

腹立たしい妹だけど、今は幼女のように思える。

お姉ちゃんといつも後を追いかけてきたような、そんな頼りなげな愛里がいる。

汐梨はこのまま、妹だからと愛里を許すことはできなかった。

宗佑を盗(と)られたからではない。人間として、してはいけないことをしたのだから。宗佑を使ってカルムの従業員や客に対して迷惑行為をしたことについて、愛理は断罪を受けるべきだと思うのだ。

愛里はしばし呆然として、やがて涙をこぼしながら力なく笑い出した。

「はは、ははは……。私には……なにもなくなってしまった。お姉ちゃんより幸せになりたかっただけなのに。どうして私の味方は誰もいないの？　どうして私は愛されないの？　どうして……！」

誰かの……なにかの一番になりたくて、愛されないことを悔しがっていたかつての自分。

心が共鳴するのは姉妹ゆえか。

「いい気味だと思っているでしょう。因果応報だと。お姉ちゃんの幸せを奪うことに失敗した挙げ句、この有様。笑いなさいよ。馬鹿だ阿呆だと罵りなさいよ！」

泣きながらなおも噛みつく妹に、汐梨はぱあああんとその頬を平手打ちした。

愛里は目を見開いたまま固まった。

……逃げようとせず、もっと早くからこうすればよかったのかもしれない。

両親は愛里を叩くことはしなかった。だから両親の代わりに、こうやって叩かれると痛いものだと教えてやればよかった。

「痛いわよね。わたしも痛かった！　そして愛里に利用された人間も皆、痛かったの！」

「……っ」

「痛いことをひとにしてはいけないの。それくらい分別つく年でしょう⁉　気に食わないからと誰かを攻撃しておいて、痛い目にあったからと被害者ぶらないで！　そんなの自業自得でしょうが！」

汐梨は、剥き出しの怒りを愛里にぶつけた。

初めて怒りをぶつけたせいか、愛里は驚いた顔で固まっていた。

「愛里。多くの人たちを巻き込み、傷つけ、不快な思いをさせた罪を心から懺悔しなさい」

愛里からは返事はない。

「やり直して戻るの。素直で可愛かった昔のあなたに」

「……っ」

「ひとの痛みがわかる愛里に、戻りなさい！」

「簡単に……言わないでよぉぉぉぉぉ！」

汐梨は泣きじゃくる愛里を抱きしめ、汐梨自身も泣いた。

こうして姉妹で寄り添ったのはいつぶりだろうか。

汐梨の脳裏に昔のことが蘇る。

――また、愛里ショートケーキなの？

――だって愛里、大好きなんだもん。お姉ちゃんの次にね！

……愛里のことは嫌いではなかった。むしろ好きだったのに。

愛里は激しく嗚咽を漏らしている。

彼女が今、なにを思って泣いているのかわからない。

だけど、昔のことを思い出してくれていたらいいなあと思う。

まだ、仲良しには戻れない。されたことは忘れられない。

だけどこの先、それにもまして、我儘で甘えたの妹に対して愛情がわいたその時は――ショートケーキを食べに行きたいと思う。……愛里と。


「ご協力いただき、ありがとうございました。そして大変、失礼しました。奥様。そして閑様」

店を出た直後、汐梨は母子に頭を下げた。

「そして妹のせいで、宮園グループにもご迷惑をおかけしましたこと、深くお詫び申し上げます」

「顔を上げて、汐梨さん。あなたもよく頑張りました」

「そうじゃ、シオリン。なんのなんの。一番の被害者はシオリンだったのじゃぞ」

「わたしの……不徳のいたすところです。今は後処理がありホテルにいますが、落ち着いたその時は……辞職させていただきたいと思っております。こんな責任の取り方しかできず恐縮なのですが……」

突如累に抱きしめられて、言葉が続かなかった。

「思い悩んでいたのはそれか。俺がそんなことはさせない」

咲花と閑の声が聞こえる。

「そうよ、そんなことはさせないわ。主人とともに断固拒否します。あなたはカルムに……いいえ、宮園グループにいて欲しい人材だから。やめさせません！」

「そうじゃぞ、やめてはいけない。チームシオリンは全力でシオリンの退職を阻止するからな！」

二番目の女だった。だからいつも誰かに必要とされたかった。

だから今、咲花と閑の言葉が嬉しくて、汐梨は泣きたくなってしまう。

「汐梨。あなたの責任感が強いところは好ましく思うけれど、この件は俺も反対だから。ちゃんと話そう」

「……はい」

やがて息苦しくなって抱擁を緩められた汐梨に、夫人が言った。

「ホテルの方は、累と閑、そして律に任せなさい。この三人がいれば大丈夫。あなたを育て、あなたが愛したホテルは守る。私の命に替えても、潰させないから」

「奥様、ありがとう……ございます」

またもや汐梨の目頭が熱くなる。

「落ち着いたら今度はあなたと累の結婚式ね。ウェディングドレスは、私にデザインさせて」

汐梨がその意味を理解するまでに、たっぷりと五秒はかかった。

「け、結婚式⁉」

汐梨は声を裏返らせた。

「え、だって……あのお見合いで汐梨さんが口にしたのは、累への気持ちでしょう?」

……彼女には見抜かれていたようだ。

「累の親もそれはわかっているし、大体、あのお見合い自体……」

「奥様!」

咲花を止めたのは、慌てている累。そして――。

「母、それ以上は野暮じゃ。見よ、累のこの慌てぶり。どうせホテル処理に全集中して、肝心なことを言ってこなかったのだろう。これだから、拗らせ童貞は」

「――閑!」

肩を竦(すく)めた耳年増な天才令嬢に、累の怒声が響くのだった。

それから数日後、カルムはいつもの穏やかな日常を取り戻した。

「いらっしゃいませ」

フロントには美しい微笑みをたたえる上品な女性スタッフが並び、客も笑顔だ。

結局、あれだけ大量にあった悪意ある投稿をしていたのは、十五人。

愛里と宗佑と、宗佑の会社の同僚、それ以外は数人。ただ面白いからと煽っていただけだった。

それを大人数に見せかけ、あれほどの大騒動に発展したのだ。

累は世間を騒がせた犯人の名を公表し、社会的な制裁を加えた上で、きちんと訴訟も起こした。

裁判所に呼ばれた全員は、因果応報に自分たちに向けられる、匿名の誹謗中傷に疲れ、いかに自分がしたことが愚かだったかを悔い、猛省しているという。

ただ宗佑は自分の罪を認めつつも、いまだ愛里のせいにして、彼女への罵詈雑言（ばりぞうごん）がひどいらしい。

彼女に連絡を絶たれたことによる報復なのか、転落してどこか病んでしまったからなのか。それとも目が覚めて、本来の自分に戻っているのか。

どちらにせよ、汐梨と交際していた頃の宗佑の面影はなくなってしまったのだった。

逆に愛里は殊勝な態度で、自らの罪を認めて泣いてばかりいるという。

カルムへ自ら謝罪にやってきて、総支配人に姉を辞めさせないでくれと頼んだ時は、汐梨も驚いた。

愛里が手にしたものはなくなってしまったが、それにより彼女にも見えてきたものがあるのかもしれない。

まだなにか魂胆があるのかと邪推してしまうから、汐梨自身も変わろうと思っている。

誹謗中傷の投稿は、累と律、そして関係各所の協力もあり、ネットから消え去った。

ある日に突然大量の荒らしが発生し、そしてある日忽然と消える。

それは一部では都市伝説のような夢幻に思われたり、信憑性のない個人的な悪意だから消されたのだと捉える者も多いらしい。しかし、新たな愉快犯が悪意を見せて煽っても、それを嫌う書き込みや、過去の思い出を語った五つ星評価が多くなった。

頑張れ、負けるな——カルムを愛する馴染み客が応援してくれたからだろうと、汐梨は思った。

噂と真実、どちらが正しいのかなど、体験してみないとわからないし、個人差もあるだろう。

それでも愛されるホテルになるために、スタッフが一丸となって頑張れば、その誠意と真心は必ず客にわかってもらえるものと信じている。

定時になると、累がフロントまで迎えにきた。

累が親密な仲であることを隠そうとしないのだ。

最初こそ好奇な視線で見られていたが、今では奇妙なほどの応援を受けている。

今夜汐梨は、自分のマンションに累を招いた。

累のように広い部屋ではない。１ＤＫのリビングとベッドが一緒になった部屋だ。

お気に入りは出窓。そこにはルーの友達のサボテンがたくさん並んでいる。

今日、自宅に累を呼んだのは理由がある。

汐梨はルーを、ベッドの前にあるテーブルに置いた。

「ルーに黄色いお花が咲いたの！」

どこか光沢があるレモン色の花だ。

「真っ先に累に見てもらいたくて」

最近は、累も汐梨も丁寧語をやめて、普通に呼び合えるようになってきた。

ルーの花は一夜では萎れない。

だけど愛情たっぷりに育てただけに、すぐに累に見せたかったのだ。

「よかったな、ルー。厳つい男なのに、可愛い花で飾ってもらえて」

累は笑みをこぼして、指で花を愛でた。

汐梨は累の腕に抱きつき、彼の肩に顔を寄せた。

「ありがとう」

「ん？」

累は汐梨の頭を撫でる。

「皆から理解されにくい、わたしの趣味を受け入れてくれて」

「あなたが好きなものは俺も好きになりたいし。可愛いじゃないか」

「ふふ」

「それでさ、実は俺も……」

累は手にぶら下げていた紙袋を出した。

そこから出てきたのは、彼の家にいるはずのシオリンだ。

「うわ、シオリンもお花が咲いたの⁉」

ちょうどウサギ耳のあたりに黄色い花が咲いていて、おしゃれだ。

「よかったねー、可愛くしてもらえて」

汐梨は累に問う。

「これは毎日、累がシオリンに愛情を注いでくれていたからですね？」

「もちろん。あなたの次に愛情を注いでいました。あなたはどうですか？」

「わたしもです。累に会えないときは、ぎゅっと抱きしめてました。……鉢をだけど」

「妬けますね、汐梨さん」

「あなたの分身なんですけどね」

ふたりは微笑みあって唇を重ねた。

そして互いの頬をつけながら、隣り合うサボテンを見つめる。

「同時に花が咲くのって……運命的だよな」

「本当に。サボテンまで想いを通い合わせたのかな。照れ臭いけど、嬉しい」

「……あのさ」

途端に累が真顔になる。

「実は……花が咲くまで、待っていて」

「なにを待っていたの？」

すると累は、シオリンが入っていた袋から、リボンがついた小箱を取り出した。

「シオリンには先に見せて、願いを叶えさせてと頼んでいたんだけど……」

汐梨がリボンを解いて、箱を開ける。

そこにあったのは――曲線アームのプラチナの指輪。

その上には、偽物かと思うくらいの大きなダイヤがついている。

「給料三ヶ月分。ひとりでこっそりと入店したのに、なぜか中にいた律と閑のお墨付き。これなら大丈夫と太鼓判を押してもらったんだけれど……」

（三ヶ月分？　累の一ヶ月分のお給料って……？）

「俺と結婚してください」

切実な思いをストレートに伝える、まっすぐな眼差し。

「俺を……生涯、あなたの一番にさせてほしい」

汐梨の目から涙がこぼれた。

「わたしで……いいの？　あなたは名門劔崎家の御曹司で、ご両親だって結婚は良家のお嬢様が……」

「じゃあ汐梨は、俺が他のお嬢様と結婚するからと、いずれ別れるつもりだったの？」

そう言われると言い淀んでしまう。

「また俺を捨てる気で、俺の恋人になっていたの？」

「違……！」

「俺を、他の女にやっていいの？」

「いや！」

それは即答だった。

「だろう？　俺だって、汐梨を他の男にやりたくないよ。もらうのは俺だ。それに俺の両親のことだけど」

累ははにかんだように笑い、髪を掻き上げた。

「あの見合い……、実はあなたのテストも兼ねていたんだ」

「え？」

「あまりに俺が縁談を断り、汐梨のことばかり想い続けていたものだから、親が痺れを切らしてしまっていてね。苦肉の策とばかりに閑との縁談まで持ってくるし。むろんすぐに却下したけど」

汐梨の脳裏に、ニカッと笑う天才令嬢の顔が思い浮かんだ。

「それで閑より、見合いと称して汐梨と俺の両親を会わせたらどうかと提案されて。汐梨を両親に会わせれば、絶対に認めてもらえる自信があった。だから、俺の想い人に引き合わせたいと親に言って、見合いに出てもらった。閑が偽見合いを説明して強要したおかげで、茶番とわかりつつ出ざるをえなくなったというか」

――……なんの茶番だ、累。

確かにあの時、累の父は不承不承といった顔つきだった。

「うちの家族も、品性とか知性とかを優先させる。でもあなたの振る舞いなら大丈夫だと思った。案の定、語学やら茶道やら、初対面でとんでもないこと言い出したけれど、汐梨はさらりとできると口にした」

「たまたまカルムで学んでいたし、閑様として求められている必須スキルだと思って……」

「カルムに勤めれば普通のことかもしれないけれど、あなたは、親が勝手に思う理想の〝劔崎の嫁〟としての教育がなされていた。さらにその人柄まで認めさせた。帰りの車で、両親は最初とは打って変わって、汐梨をベタ褒めだった。朴念仁の俺にしてはいい娘を見つけてきたと。汐梨のお茶の先生は人格者だったんだね、汐梨がその弟子で嬉しいと母も大興奮だったよ」

「過大評価しすぎよ……」

汐梨は羞恥に頬を熱くさせた。

「過大評価なものか。大体、宮園の奥方のお眼鏡に適うなんて相当だ。今では……汐梨に逃げられぬよう早く結婚しろとうるさい」

「……っ」

「俺の家族は大歓迎です。もしも俺の家族があなたを困らせ、苦しめることがあれば、俺は躊躇なく家を捨てる。なにがあっても俺だけはあなたの味方だ」

「累……」

「閑も奥方もあなたの大ファンだから、万が一、まだ汐梨を見ていない閑の父親が反対しても大丈夫だし、むしろ俺がまだあなたと結婚しないことにブーイングだし。外堀は完全に埋まっているんだけれど……」

累は苦笑しながら、汐梨の目を至近距離で見つめた。

「俺はあなたの過去を知った上で誓う。俺のすべてをあなたに捧げる。どんな時も、俺にとって一番はあなただ。俺はあなたを裏切らない、絶対に。あなたと……家族になりたいんだ」

「……っ」

「汐梨、俺と結婚してほしい。あなたじゃないといやだ」

汐梨は震える手で、左手の薬指にそれをつけた。

質素を好む汐梨には、あまりにゴージャスすぎる指輪だった。

汐梨は——。

「ふつつか者ですが、あなたの一番でいられるよう頑張ります。だから……」

話していて涙腺が崩壊してしまう。

汐梨は泣きじゃくりながら累に抱きついた。

「累、嬉しい！　ありがとう……！」

いつだって二番目で苦しかった過去の自分に言ってやりたい。

ちゃんと幸せになれるんだよって。

一番に思ってくれる、運命のひとが現れるんだよって。

希望を胸に、諦めずにいれば必ず叶うからと。

「こちらこそ。……汐梨、ああ……俺も、泣きそうかも」

声を震わせる累が愛おしい。

……視界に、寄り添うサボテンが見える。

お揃いのように黄色い花をつけているのは、まるで結婚指輪のようだ。

（そっか……。シオリンもルーも、出会った時からずっと好きだったんだね）

ふたつのサボテンは汐梨に告げている気がした。

『一緒に、幸せになろうね』――と。


「あぁんっ、累……」

「ほら、汐梨……。大きな声を出すと、隣に聞かれてしまうぞ？」

ラグの上に点在するふたりの服。

汐梨はベッドに腰掛けた累に、後ろから抱きしめられていた。

累の両手は汐梨の胸を揉み込み、時折指先で胸の蕾を摘まんでくる。

「ふぅ、んっ」

手の甲で口を押さえても、甘い声は漏れてしまう。

蕾の周りでゆっくりと円を描いていた指先は、カリカリと蕾を引っ掻くように揺らし、尖ったところを指で捏ねられる。

「あぁ……」

もどかしい快感が秘処に熱を集める。

「汐梨。鏡台を見てごらん。可愛い蕾をいじると、あなたはどんな顔でよがってる?」

それは悩ましい女の顔だ。

「鏡見て、いつもの通りお仕事をしてみて。鏡にいるのは、お客様だ」

耳元に囁かれる甘い声。汐梨は鏡の中の自分顔に魅入られるようにして言った。

「い、らっしゃ……い、ま……せ」

「ふふ。えっちなフロントのお姉さん、ダブルで一泊お願いします」

「か、かしこま……ああ、累の指が、いやらしい……っ」

累の動きは、汐梨の羞恥心をかきたてる。

「いやらしいのは汐梨のここだよ。こんなにぷっくり食べ頃になって……。お部屋はいいですから、フロントのお姉さんのここを舐めさせてください」

舐めるという言葉で、鏡の中の自分が上気していた。それを見ていると余計に感度が上がったようで、秘処が熱く濡れてくる。

「ねぇ、お姉さん、舐めさせてくれませんか?」

鏡越し、意地悪げな累の顔にぞくぞくする。

「か、しこまり、ました……。ぞんぶんに、舐めて……ください」

「ふふ、じゃあ遠慮なく、ぞんぶんに舐めさせてもらおうか」

汐梨は鏡が見えるよう体を少し傾けられ、横から顔を出した累に蕾を舐ぶられた。

目の前にも鏡にも、累のくねった舌が蕾を卑猥に戯れ、唇を窄めてちゅうと吸われる。

「あ、んっ」

すぽんと音がして唇が離れるが、突き出された舌がゆっくり近づき、チロチロと蕾を揺らしては甘噛みしてくる。反対の胸は手で揉まれ、時折蕾を押し潰されたり捏ねられる。

(ああ、鏡のわたし……えっちだ。見ているだけで、気持ちよくなってくる……)

思わず足をもじもじしながら喘いでいると、累は汐梨を鏡の正面に向き直させ、大きく足を広げさせた。

「や、ぁん、累、やだ、やだ!」

「ちゃんと見て。あなたが俺に愛されるところ。どんな顔で俺を誘うのか」

累の指が黒い茂みを戯れ、そのまま慎ましやかにさざめいていた花弁を開く。

「とろっとろ。おや、見ないの?」

「見れないわ、そんなところ!」

「俺がいつも舐めているところだよ?」

途端に快感が蘇生してしまい、そこが熱くなりじゅんと濡れた。

累の指が花園を往復する。

思わず鏡を見てしまった汐梨は後悔する。

蜜に濡れた累の手が、あまりにいやらしい動きをしすぎていたからだ。

そしてそれはするりと、蜜壷に吸い込まれていく。

「あぁ、あぁぁ……」

異物を迎え入れ、引き攣った呼吸を繰り返していると、累の指が抽送される。

その動きに同調して息が弾み、喘ぎ声が止まらない。

鏡の中の自分を見て、くらくらした。

そんなところに累の指を咥え込んで、ひどく嬉しそうなのだ。

蕩けた顔を鏡に向けると、鏡の中の累と目が合った。

「気持ちよさそうだね、汐梨。きゅうきゅうに締めつけてる」

うっとりとした表情を見せる累が愛おしい。

彼の唇が無性に欲しいと思った。

繋いでほしい。彼の熱と溶け合いたい――。

「ねぇ、累。上のお口も、キスして……」

艶めいた顔をした汐梨は、鏡越しの累に呼びかけ彼の唇をねだった。

「ずいぶんと、淫らですね、汐梨さん……?」

それでも嬉しそうに笑う累は、鏡の中の汐梨に妖艶な眼差しを送りながら、唇を重ねた。

ねっとりと舌が絡み合う。やがて累は口を離し、生き物のように舌先をくねくねと動かすと、汐梨の舌をつんつんと突く。するとおずおずと舌を突き出した汐梨と、舌先を絡み合わせた。

柔らかな舌の動きはどこまでも淫靡で、汐梨を昂らせた。

ゆっくりと秘処を出入りしていた指は、汐梨の興奮を感じ取ってより卑猥に動き、汐梨を果てに連れていこうとする。

上も下もいやらしく感じさせられながら、嬉しいと訴えているような上気した自分の顔。

累になされるすべてのことが、幸せそうだ。

累だからこそ、自分を曝け出せる。

累だからこそ、はしたないほどに感じてしまう。

累がキスを深め、同時に抽送を激しくさせた。

汐梨は累の首に両手を巻きつかせながら、迫り来る快感の終焉に打ち震え、そして一気に弾け飛んで大きく震えた。

しかし累はそれでやめなかった。さらに指を技巧的に動かすと、汐梨が弱い……やや浅いところを指の腹で引っ掻く。途端に強烈な波が襲いかかり、汐梨はキスをされたまま両足を戦慄かせて再び達した。

そして同時に感じる、腰のあたりの硬いもの。

ぶつかっていただけのそれは、明らかに意思を持ち、汐梨の肌に擦りつけるように動いていた。

「このまま、挿れるよ」

いつの間にか、シーツの上に封を切った避妊具の包みがあった。

累は汐梨をうしろ向きに抱きしめた座位のまま、下から突き上げた。

「ぅんんっ」

ずんと、凶悪的に大きく硬いものが中を擦りあげ、汐梨は振り絞ったような声を出した。

いつだって、累が溶けてくるこの瞬間は肌が粟立つ。

そしてみっちりと深層まで埋められると、幸福感に酔いしれてしまうのだ。

累は汐梨をぎゅっと抱きしめると、首筋や耳に舌を這わせ、肌を強く吸う。

毎回繋がった時には、執着の赤い花を咲かせてくる。

鏡に映る累は少しだけ苦しげな顔で、でも必死に自分の痕跡を汐梨の肌に残そうとしていた。

それが愛おしくて、きゅっと締めつけてしまうと、累がびくっと震える。

「ああ、もう……本当に可愛すぎるな。俺の奥さんは……」

(奥さん……)

「……くっ！　悦びすぎ！　ああ、下から挿れているせいか、根元まであなたに包まれて、たまらない。熱くてとろとろに蕩けて、あなたは中まで本当に……愛おしい」

下から突き上げられる。

鏡の中では、結合部分で出たり入ったりする累の剛直が見えて、汐梨は身悶えてしまった。

(ああ、突き刺さってる。あんなに大きなものが、わたしの中を貫いているんだ)

累の両手が汐梨の足を持ち、さらに大きく広げられた。

「もっと見て。俺とあなたが繋がっているところ。あなたは……俺のを呑み込んで、こんな蜜を垂らして喜んでいるんだ。ああ、すごいよ。気持ちいい……。汐梨の中、やばい……っ」

陶然とした顔で感じている累が見える。

なんで蠱惑的な色香を撒き散らすのだろう。

否応なく彼に吸い込まれてしまう。昔も今も。

この魅惑的な累という花に、誘い込まれてしまう。

累は自分のものだ。

自分だけの累なのだ。

指に煌めくダイヤが視界に入る。

ああ、どこまでも縛り続けてほしい。

いつだって彼の一番であり続けられるよう。

「累……好き」

「俺も、好きだ」

欲しい愛をたっぷり注がれ、自分もまた蕾を開く。

累の元でしか咲かない、愛に濡れた花を咲かせていく——。

「ああ、汐梨。やっぱりこっち向いて。汐梨の顔を見てイキたい」

向きをくるりと変えられ、対面座位になる。

無機質な銀の鏡面ではない、生きた累がそこにいる。

愛に溢れた眼差しで微笑む彼がいる。

幻ではない彼がそばにいるのが嬉しくて、彼に抱きつき自ら累の唇をねだった。

すると汐梨の中にいる累はさらに質量を増したようで、ずんずんと突き上げを激しくしてくる。

「あっ、あっ、大きい。累、それ気持ち、いい！」

深い部分を抉られ、快感を刻まれ続けている汐梨は、悲痛な声を上げながら背を反らした。

突き出した胸は累に貪られ、さらなる快楽を刻まれる。

「累、累っ」

擦れ合う肌。汗に濡れる体。

やがて大きな快感の坩堝が、汐梨を引きずり込んでいく。

「累、わたし、イク、イッちゃう！」

切羽詰まった心地に泣いて訴える汐梨は、抽送を早められた直後に、尻を引き寄せられた。

より深層の部分を貫かれ、決壊する。

「あああああ！」

膨れあがっていた風船が破裂するが如く、ばあああんと体が弾けた瞬間、最奥でぶわりと大きくなった累が数度突いた。

「汐梨――っ！」

累が呻いた瞬間、熱い残滓が汐梨の中を満たす。

何度も注がれ、その度に汐梨は歓喜の声を上げて幸福感に酔いしれる。

激しい絶頂を迎えた後は、ふたり抱き合って息を整え、キスを繰り返した。

「こんなに幸せでいいのかな……」

累の腕枕をされた汐梨が、ふとそんなことを漏らすと、累は笑った。

「それは俺の台詞」

なによりも累が、幸せだと思ってくれるのが嬉しくて汐梨は顔を綻ばせた。

「すごく……表情が柔らかくなったな」

累は汐梨の頬を手で摩(さす)りながら微笑む。

「累が愛情をくれたから」

その手を両手で掴んで、汐梨はうっとりとした顔を向けた。

「だからわたしは咲くことができたの。一夜限りではなく、累の元で永遠に」

累は安らいだ笑みを見せる汐梨の左手を手にとると、汐梨の指輪に口づけた。

「いつだってあなたに愛を注ぐよ。俺の最愛を」

それはまるで聖なる騎士の誓いのようだった——。

エピローグ

時は移り変わり、ある晴れた日――。

テラスにずらりと並べられた鉢植えの前に、四歳になる小さな幼女がしゃがんでいた。

「チオリンしゃん、今日も可愛いでしゅね」

話しかけていたのは、ウサギの形をしたサボテンだ。

そして幼女は、その隣にある雄々しいサボテンに声をかける。

「ルーしゃん。おくしゃまと〝ラブラブ〟してましゅか」

サボテンの鉢の数は二十個。

幼女はそのひとつひとつに辿々しく声をかけ、最後のふたつにも語り終えたのだ。

「ふふふ。喜んでましゅね」

にっこりと笑った時、女性の声がした。

「真綾（まあや）、まーちゃん、どこ？」

「ママしゃま、こっちでしゅ！」

現れた母親――汐梨は妊娠中だ。しかしよいしょと、我が子を抱き上げた。

「ふふふ、まーちゃん、ママの代わりに、サボちゃんたちにお話してくれてたの？」

「あい！」

「チクチクに触らなかった？」

「触ってませんでしゅ！」

「それはいい子ね」

ちゅっと、下ぶくれ気味の頬にキスをすると、幼女はニカッと笑った。

「おーい、ホットケーキができたぞ！」

そんな時、リビングから男性の声がした。

「あ、パパがまーちゃんの大好きなホットケーキを作ってくれたわよ。パパのところにいこうか」

「あい！」

ふたりがダイニングテーブルに向かうと、幼女は父親――累に両手を振って喜んだ。

「真綾、パパのところにおいで！」

「あい！」

「いいお返事だ」

累は娘を抱き上げると、ちゅっちゅっと少女の頬に唇を落とした。

「うふふ、まーちゃん、ママしゃまもパパしゃまも、しゅきでしゅ」

そんな様子を、微笑んで見ていた汐梨が言う。

「まーちゃん、本当に可愛いわ！　親馬鹿と言われようが、可愛い〜！　そう思うでしょ？」

「ん。可愛い。とても可愛いんだけれど……だけどなんで、閑にそっくりなんだ？」

そばかすだらけの顔。天然パーマの髪。

美男美女の夫婦から生まれたようには思えないが、正真正銘実子である。

「それはきっと、累が閑ちゃんの実のお兄さんだからじゃない？」

「……奥さん、それはありえません」

累の目がすっと冷え込んだ。冷血の〝法曹界のプリンス〟は、子持ちでも健在である。

「そんな否定しなくても。養子だと悩んだことがある旦那様に、希望を持たせたかったのに」

「そういう希望は必要ないから。わかった？」

彼が問うと、幼女が片手を大きく挙げて「あい！」と返事をしたため、ふたりは笑った。

「でも閑ちゃんにそっくりなら、まーちゃんだって変貌するわよ」

「十年以上の年月を経た突然変異か。喜んでいいのか、悪いのか」

四年前、この幼女とそっくりだった〝ちんちくりん〟と呼ばれた少女は、今は十四歳。

昔の面影など見る影もなく、美少女に成長したのだ。

しかも、汐梨そっくりに。

「やっぱり閑ちゃんは天才だから、わたしとそっくりになるってわかっていたのかも」

「いや、あれはまったくわかっていなかった。……と思う」

「今閑ちゃんは？」

「律を引き連れ、NASAを見学中」

「わお。何年経ってもスケールが大きいわよね、宮園家次期当主は」

「だから大変だよ、顧問弁護士も」

そう言いながらも、彼はひどく楽しそうに笑った。

汐梨はかつて、彼と閑を誤解したことがある。

その時は汐梨と閑はまるで似ていなかったが、今はそっくりだ。

「……閑ちゃんと、浮気しないでね？」

「するわけないだろう？　俺が一途で、愛が涸れていないってこと、体で思い知っているくせに」

すると汐梨は顔を赤らめた。

そうした初々しさが抜けない妻を、眩（まぶ）しそうに見つめる累は言う。

「汐梨こそ、産休終わってホテルに復帰したら、浮気するなよ」

「それこそするわけないわ。コンシェルジュは大変なんです！」

「こんせーじゅる？」

初めて聞いた単語に、幼女が反応する。

「コンシェルジュ。真綾にはまだ発音が難しいな。ママは格好いいんだぞ。ホテルで一番、ピッカピカに輝いているんだ。皆に頼りにされてね」

「ピッカピカ！　ママしゃま格好いい」

理解しているのかいないのか、幼女は拍手をした。

「それを言うならまーちゃん。パパの方がすごく格好いいのよ。お胸にピッカピカの金色のバッチをつけて、先生と呼ばれて皆から頼りにされてるの」

「お胸にピッカピカ！」

幼女の目が輝く。

「まーちゃんが大きくなったら、お仕事するパパを、見に行こうね！」

「あい！」

幼女はニカッと笑った。

「あぁ、幸せね」

「本当に幸せだ」

累は幼女を抱いたまま、汐梨の元に行く。

「俺に幸せをくれてありがとう」

「それはわたしの台詞」

そしてふたりは啄むようなキスをする。

「まーちゃんもお口にちゅっちゅしたいでしゅ！」

幼女が拗ねると、汐梨は笑って言った。

「だぁめ。お口にちゅうは、一番大好きなひととするものなのよ。ママはね、パパが一番」

「パパも、ママが一番」

それは、結婚後も繰り返し口にしている言葉だ。

「まーちゃんは？」

「まーちゃんはね」

そしてふたりは、幼女の両頬にキスをする。

「一番同士のパパとママから、たっぷりの愛を注がれて咲いた、最愛のお花なの」

「まーちゃん、お花しゃん、大しゅきでしゅ」

「うん。ママもパパも、この先ずーっと」

「真綾がだーいすき、だよ」

再び両頬からキスを受け、幼女はニカッと愛くるしい笑みを見せた。

番外編

ある天才児のつぶやき

宮園閑は裕福な家庭で大事に育てられたため、同年代の子供たちと遊ぶ楽しさを知らなかった。

かなり早くから言葉を覚えて周りを驚かせたが、誰もがそれは、大人しかいない環境にいたからだと思っていた。大人とコミュニケーションがとれるようになったにも関わらず、閑は常にぶすっとふて腐れており、なにをしても笑わなければ、興味も示さない。

両親が、娘はなにか病気があるのではないかと心配していたところ、突如閑は言った。

――シズカは病気ではありましぇん。毎日が楽しくないのでしゅ。

……辿々しいながらもそう告げたのは、閑が二歳になる前の話。

閑は周囲にいる大人の会話や、両親が見ているテレビを盗み見て、既に言語を学んでいた。

両親は病院に連れて行く前に、まず友達を作らせてみようとしたが、仲間を見ても閑は見向きもしない。

――お馬鹿しゃんたちは、話が通じなくていやでしゅ。

両親があんぐりと口を開けた……ちょうどその場に居合わせていたのが、父親の使いで宮園家にやってきた大学生の劔崎累だ。累とは面識があり、閑も累は気に入っているのか唯一懐(なつ)いている。

――ねぇ、累。この子になにかが取り憑いているのかしら。

不安げな宮園夫人の問いかけに、累は無表情のままで首を傾げ、後日たくさんのゲームを買ってきた。

古典的な知恵の輪やルービックキューブなどは、閑に何度やらせてもすぐに解いてしまう。

累は幼馴染である宮園家の使用人、小早川律を呼び、三人でカードやボードで遊戯をしてみた。

累も律も優秀な頭脳の持ち主だ。特に律は、駆け引きが主の勝負事には滅法強い。

しかしこの幼児は、優秀な男ふたりが本気を出しても負けることはなかった。

それらのことを踏まえ、累は閑の両親に助言した。

閑が必要なのは病院ではなく、知能を測定できるところだと。

もしかするととんでもない知能指数をたたき出すかもしれない——そんな累の予想は的中した。

そのＩＱは一八〇を超えていたのである。

天才ゆえに、好奇心や知識欲は人一倍旺盛だが、解決能力が早い分、興味を失うのも早い。

不機嫌なのは興味対象がなくなってしまって退屈だからか、知りたいのに解決手段がないからであり、それが閑の孤独感を搔き立てているのではないかと、累は推測した。

このままだと外界の楽しさを知らずに、引き籠もることになるかもしれない——それを聞いた閑の両親は、可愛い娘の笑顔を取り戻すために、閑が心を許す累と律にお守り役を頼んだのだ。

累は養子であり兄弟姉妹がいない。彼自身が孤独を感じるがゆえに、閑を助けようとした。

なにより閑という大人の言葉が通じる赤子が面白いらしく、彼もまた閑に見せる顔は素のものだった。

律は運転手の父とともに、古くから宮園家の下働きをしている。

使用人としての礼儀作法は身に着け、外ではそれらしく振る舞うが、気心知れた仲間にはフレンドリーを通り越して軽い。だが機転が利き、細やかな気配りもできるため、サポートに適する男でもあった。

さらに律は、年の離れた妹の面倒をみたこともあったため、子供の気を引くことがうまかった。

――ほーら、閑ちゃま。そんなにむすっとしていると、ぶっさいくなお顔がますますドブスちゃんになっちゃいますよ～。

主人に対して失礼千万ではあるが、飾らない言葉での揶揄は、おべっか慣れしている令嬢には新鮮で楽しいらしく、子供らしく笑ったり拗ねたり、時には素直に従ったりするのだ。

しかし知能は大人でも、体は幼児。

――おむちゅ、取り替えてでしゅ。今いっぱいしたから、くちゃいでしゅ。

むーんと悪臭漂う中で、乳母とメイドに頼んでも、申し訳なさそうにおむつセットを手渡されるだけだ。

――じろじろ、みちゃだめでしゅよ。

大の字になって取り替えを待つ閑を見て、累も律も頭を抱える。

――俺、これから大学へ行かないといけないんだ。お前は妹の面倒で慣れているだろうし、ここは……。

――おいおい、累。お前、俺に任せて逃げるのかよ。ここでプレパパやって、イクメン特訓すれば、お前が想い続ける女だって結婚まで考えてくれるかもしれないぞ。

律は累を奮起させ、そこから累の悪戦苦闘が始まる。

――ルイ、下手くちょでしゅ。もっと、丁寧におしりを拭くでしゅ。

――……くっ。これもあのひととの未来のため、修業、修業……。絶対に再会してやる！

そんな幼馴染ふたりをそばにおいて閑はご機嫌だったが、四歳になった頃、累に読書を勧められた。

――閑は、この家の外に広がる世界を知った方がいい。

しかし閑は、絵本などは一読しただけで暗記してしまい、すぐに退屈そうにする。それならばと、律が宮園家の先代当主たちの蒐集本がある書庫に連れて行くと、閑の目が輝いた。

そして、夥しい数の蔵書を誇る書庫で、閑は椅子に座っておとなしく本を読み始める。

しかしやはり読解が難しいのか、しかめっ面をして唸るため、累はネットが繋がったパソコンを用意し、自分で調べる方法を教えた。彼女が知識欲を満たそうと奮闘する間は、きっと彼女にとって満足できる有意義な時間になるに違いないからと。

しかし、閑の興味も半年程度で終わる。

――すべての本は読破した。未知なる領域への造詣を深めるべく、海外の大学へ留学しようと思う。

本でしっかりと言語を学んだ閑は、四歳の幼児らしからぬ言葉を発するようになった。さらに彼女は、プログラミング言語を覚えてパソコンを使いやすく改良したり、さらに外国語で書かれた論文を辞書なしで読めるようになったりと、累や律が思っていた以上に早い成長を遂げたのである。

やがて彼女は律を連れて海外に行き、工科大でコンピューターについてより深く学んだ。

閑の世界が、興味があるかないかの二進法でできていると考えれば、0と1で成り立つコンピューターは身近に思えたのだ。

海外で多くの者たちに可愛がられたせいか、無愛想だった閑も処世術を身につけた。いつの間にか仲間が裏世界にまで増え、腕を競い合うために始めた〝ハッカー〟業で、一目置かれるようになった。

ハッカー名は『カルム』――フランス語で穏やかという意味があるが、静か＝閑にかけている。

海外にいれば、律がそばにいても日本が恋しくなる。そんな彼女の慰めは、乳母が好きだった時代劇を動画で見ること。慰めだったはずなのに、次第にその魅力に取り憑かれてしまった。

毎度ながらの王道展開は飽きっぽい性格には合わないものの、勧善懲悪の精神は、二進法の世界にいる閑に深く突き刺さったのである。

その結果、見かけは幼女なのに口調はご隠居の天才児という、なんとも珍妙な少女になってしまった。

これには両親も苦笑しつつも、可愛い娘の選んだ道ならばと納得せざるをえなかった。


九歳になった閑が、私室でブランド『Mode Emisia』の服を着て、しかめっ面を鏡に向けていると、律が抹茶ラテを運んできた。

「のう、律。母の服はどうして私には合わないいんだ？　私をイメージしているというのに」

元気さを強調させるガーリー系ならまだしも、母が作るものは女性を意識したしっとりとしたものが多いのだ。いわば淑(しと)やかで奥ゆかしい……閑とは真逆な。

「そんなもん、主観ひとつですよ。念じていれば、そのうち誰が見てもお似合いの女性像になりますって！」

つまり、律の目にも母の服は似合っていないということなのだろう。

それは服を通して『女』を意識し始めた閑にとって、どこか悔しく、もの悲しい。

念じていれば叶うのならばと、閑は自分の理想像を思い描こうとしたが思い浮かばない。

律の好みは知っている。『体の相性がいい女』を公言しているから、聞くだけ時間の無駄。

だから閑は累に尋ねてみた。

「俺の好みは……そうだな。長いさらさらとした黒髪をして、どこか儚げな雰囲気を持つ、物静かな女性だな。控え目なのに、いざとなったら頑固なほど意志が強い」

鉄面皮のような累の顔が上気して柔らかい。

「なんじゃ、すごく具体的ではないか。女など見向きもしない累だから、理想などないと却下されると思いきや。そんな女であれば、累は完落ちするというのか？」

「無理だな。何十人、何百人と同じタイプの集まったところで、偽者の集団。俺の興味はわかない。俺が欲しいのは本物ひとりだけだから」

「だったら私が仮にそのタイプだったら、本物とみなすか？」

否――それは即答だった。悔しいため、閑は密かに念じた。

自分の髪はさらさらとして長い黒髪で、儚げで物静かで控え目な美女だと――。

思考回路が焼き切れるかと思うほどの自己催眠により、鏡に映る自分もそんなタイプに思えた。

自分も中々にイケているではないかと思うようになったものの、依然、幼馴染ふたりにとって閑は、眼中外であった。

それから一年経ち、累の姿を見かけなくなった。電話をかけても通じず、メールの返事もこない。

だが律とは連絡をとっていたようで、律が困り顔で教えてくれた。

「実はあいつ……、長年片想いをしていた女に捨てられ、半狂乱気味で」

累は高校時代から惚れた女がいたらしい。情報がないままに再会を夢見て、ようやく会えたと思ったら、女には婚約者がいた。それでも紳士ぶって待ち続け、女が婚約者と別れたから手を出した途端、女は行方をくらましたようだ。唯一の交流場だったBARにこないため、累は荒れながら捜し続けているらしい。

律曰く、眠れぬ累は今にも死んでしまいそうな顔色をして、毎晩BARを巡って消えた女を追い求め、やけ酒を呷っているとか。それでも、どんな難関な仕事でも完璧にこなしているのはさすが、である。

「なんと。女に一切興味がないまま、理想過多の童貞で人生を終えると思っていた、あの累にそんな拗らせロマンスが！　女遊びが激しい律とは違い、累なら貞操を守ったまま三十歳過ぎて魔法使いになるとばかり」

「閑ちゃま……。お上品なご令嬢がどこでそんな知識を得たのかはあえて聞きませんが、それ累に言わないでくださいね。ブチギレますから」

それを華麗にスルーして閑はぼやく。

「しかし……累は弁護士でイケメン。ハイスペックな上に浮気癖などない清廉な男だ。なぜその累が失恋に至る？　この世で、本気の累が落とせない相手というのは、どんな女だ？」

しかし聞けば、シオリという名しかわからないという。

「だからあいつ、その名前だけを手がかりに、死に物狂いで捜しているんです。高校時代に荒れていたあいつを救った女神様は、気まぐれに姿を現して累を捨てるなんぞ、残酷ですよね」

その時、閑の中にはシオリへの怒りが湧いた。

家族であり大好きな累をそんな目にあわせるなど、とんでもない女だと。

悪者を成敗するのは、時代劇の鉄則。

だからシオリを懲らしめるために、累を弄んでとんずらしたシオリを見つけ出そうと思ったのだ。

……そして宮園の力で見つけたシオリは、かつて累が口にしていた理想の女性だった。

「なんと、私にそっくりではないか……。そうか累の理想は私だったのか」

閑が写真を見て感嘆のため息をつくと、すかさず律が突っ込んでくるが、無視して続けた。

「……ふむ、悪女の感じはせぬな。むしろ私にも似て上品そうだが。妹はなんと、『Mode Emisia』の店長。

そしてシオリの勤め先は宮園系列ホテルの、〝カルム〟だと？」

ここまで自分に縁があると、分身のように思えてくる。

「閑ちゃま、累に協力してくれませんかね？」

律はいつにない真顔で閑に訴えた。

「この情報を累に渡したい。あいつ……本当に彼女に会いたがっているんです。たとえ彼女にふられることが運命であっても、せめて彼女に累の想いを告げさせたい。最初で最後の恋を遂げさせてやりたいんです」

閑は、あの理性派の累が感情的になるほどの恋というものを経験したことがない。

いつだって閑にとって累は、感情を出さずともわかりあえる兄のような存在だ。だからこそ、その累がなりふり構わずに、たったひとりに貪欲になっている事実は、恋を知らない閑にとっては羨ましくもあり悔しくもあり、そして興味深いものでもあったのだ。

恋とはどんなものだろう。

累が抱える恋がどんなもので、どんな過程を辿（たど）り、どうなっていくのかを知りたい——。

「律……残念ながら、シオリにふられることが前提ならば、情報は流せない」

「閑ちゃま！」

「だから、累の恋を叶えればいいだろう？　私たちは仲良しの幼馴染だものな」

閑はにやりと笑ってウインクをする。

「それに累が跡継ぎを作らない限り、また私との縁談話が浮上してくるかもしれぬ。それは非常に迷惑だ」

閑と累は親同士も仲がいい。見合い話を受けようともしない累を見兼ねて、両家の母親たちは閑との縁談を持ち上げてくるのだ。興味がないものに、拘束されたくなかった。

「まずはシオリが逃げ出せない環境を作り、累のいいところを彼女にアピールする。彼女を少しずつシンデレラに仕立てて、累を王子様だと思わせる。もう二度と捨てようと思わせぬよう」

「閑ちゃまが協力的だなんて、今にも雷が……あ、本当に雷鳴？」

突如聞こえた雷鳴。その中で、腕組みをした閑が笑う。

「ただ——これだけお膳立てするのなら、少しぐらい累で遊んでもいいよな？」

その顔は、写真のシオリとは似ても似つかぬ悪魔じみたものだった。

そして閑、十八歳。念じれば叶うと言われた通り、今では閑の容貌は汐梨そっくりだ。

誰もが「これはファンタジーだ」とか「ありえない」とか失敬なことを言うけれど、閑が心から慕う汐梨だけは受け入れてくれる。

「きっと閑ちゃんとわたしは、目に見えない強い繋がりがあるのね。運命の赤い糸のような」

汐梨の言葉に累が拗ねる。つんとすまして仕事をする、冷血漢の〝法曹界のプリンス〟が、汐梨の前だと子供のよう。そんな顔を見せるくらい、汐梨が好きで好きでたまらないのだろう。

微笑ましい気分で累を見ていると、ただいまとランドセルを背負った少女が帰ってきた。

「あ、閑ちゃんだ！　りっくんもいる！　遊ぼ、遊ぼ！」

八歳になった累と汐梨の長女、真綾だ。昔の閑とそっくりの顔をしているせいか、可愛くて仕方がない。

「真綾、律とケーキを買ってきた。うがいと手洗いをちゃんとしてから、食べに来るんだぞ」

はあいと元気がいい声が返る。すると汐梨の膝の上で寝ていた第二子の長男、優夜(ゆうや)が目を覚ましてぐずった。それをあやす汐梨は手慣れたもので、我が子を見つめる顔は聖母のようだ。

優夜も、昔の閑に瓜ふたつ。なぜなのかは閑にもわからないが、弟妹ができたような親近感が湧く。

この世には、知能が高くても解けぬ謎がある。しかしこの謎は、あえて暴きたくはないのだ。

――雁谷坂汐梨といいます。お嬢ちゃんは、お部屋に行きたいのかな。

汐梨を見定めようと、わざと年相応の子供のふりをしたあの時。目線を合わせて微笑んだ汐梨に、泣きたくなるような感情を抱いた。恐らく自分と汐梨には見えぬ縁があるのだろう。真相はそれで十分だ。

会う前は累を弄ぶ悪女だと思ったこともあったが、彼女は周囲に人間らしさを取り戻させた聖女だ。

時代劇の主役のように公正で悪を許さず、しかしそれは冷血だからではなく、むしろ情け深い。

自分自身に厳しい汐梨は、当初こそ寂しげな翳りがあったものの、今では幸せに満ちて笑顔も朗らかだ。

すべては皆のおかげだと汐梨は謙遜するが、汐梨の努力があったからこそ今の幸せがある。

それを見ている累もまた、いつぞやの憔悴（しょうすい）しきった姿など見る影もなく、幸せそうだ。

大好きなふたりが想いを通わせあい、結婚して幸せになったのは心の底から嬉しい。

「次は閑ちゃんの番だね」

汐梨は言う。

「私か？　男は皆、私に尻込みするからなあ。そうだ、優夜に擦り込むかな」

そう笑うと、今まで黙っていた律がなぜか憤慨した。

「年下はだめです！　大体閑ちゃま、子供はいやだと言っていたでしょうに」

「だったら……同い年か？　高校生相手など、あまり惹かれないが……」

「年上がいるでしょうが、年上！　閑ちゃまには、サポートばっちりで、忠実な年上がいいんです！」

律が興奮まじりに言うと、汐梨と累がくすくすと笑う。

「サポートばっちりで、忠実な年上男ねぇ……。そんな男いるかな……」

「ここにいるでしょうが、ＮＡＳＡにまで付き合わされた男が！　何年俺を、拘束して来たと思ってるんですか⁉　十八歳になったんだから、もういい加減に責任とって、ロリコンかと悩んだ俺の黒歴史を書き換えてくださいよ！」

律の言葉を解せない。ハテナマークを出して首を傾げる閑に、累が笑った。

「閑、律は名家の養子に入り、もう宮園家の使用人ではない。対等の立場なのに、いまだお前にだけに仕えている気持ちを汲み取ってやれ。今では女遊びをやめて、からっからに涸れ果てているようだし」

「では律に水でもやればいいのか？　それともバイアグラとか？」

「俺はそんなもんに頼るほど、ジジイじゃねえよ！　まだ現役だよ！」

大爆笑が湧き起こる中、累が目尻に涙を溜めてこう続けた。

「閑、律のサボテンに聞いてみるといい。それはそれは毎日のように、愚痴を聞かされているだろうから」

「累に言われたくねぇよ。お前だってシオリンに、散々愚痴っていたじゃないか」

幼馴染ふたりにとってサボテンは、秘密の共有者。

サボテンすら知る知識ならば、自分もいずれ知りたい。

……いや、近いうちに知ることになるだろう。

きっと自分は、知識だけでは得られなかった〝本物〟を体験することになる。

机の下でそっと律が握ってきたその手が、そう告げた気がした――。

あとがき

はじめまして、奏多と申します。

この度は拙著『いつでも二番目な私でしたが、エリート御曹司に熱烈求婚されそうです!?』をお手に取っていただき、ありがとうございました。

この物語は、どんなに頑張っても二番目になってしまう、ホテルのフロント勤務の汐梨と、そんなヒロインを一途に愛し続けてきたエリート弁護士、累のお話になります。

スーツか制服のヒーローで……とのお題をいただき、華々しい特殊職についたヒーローも考えたのですが、金バッチを光らせ、スーツが戦闘服のお堅そうな弁護士だって格好いいのではないか――そんなビジュアル的な面から累が生まれ、予想以上に汐梨限定で優しい、溺愛ヒーローになりました。

一方汐梨ですが、以前私が宿泊したホテルのフロントのお姉さまが、やけに語学堪能で上品で、もうこれはどこぞのご令嬢だ……と思ったことから、生まれたキャラでした。

勇ましさと逞しさがある私の歴代ヒロインたちからすれば、かなりおとなしめ。

しかし彼女は一番になれずに自信喪失しているだけで、実はなんでもできる優秀なヒロインです。

卑屈になったり、後ろ向きにならないよう、自分の意志をもって前を向ける女性を目指しました。

そんな彼女が好きなのはサボテン！　実は我が家にも、ミニサボテンが十個並んでいます。

小学生の時、大きなサボテンを倒し、その上をぽっちゃりの私が全体重をかけて踵で踏み潰したことがありまして。痛烈な痛みではないものの、無数の小さな棘が突き刺さり、ちくちくして歩けない。母が火で炙った針で、ひとつひとつ棘をとってくれましたが、学校は遅刻して皆勤賞は逃すわ、つらい目にあったのに皆で爆笑されるわ、長年お花をつけてきたサボテンは、黒ずんで歪んで即昇天するわ……心も痛かったです。

そんな可哀想なサボテンに思いを馳せつつ、シオリンとルーはハッピーエンドを迎えてもらいました（笑）

今作は、見合い予定のハイスペック令嬢の代理として、庶民である汐梨が破談にすべく、累のお嬢様レッスンという名の強制デートで距離を縮めていきますが、暗躍しているのは面白好きな幼馴染たちです。

彼らがもし、健気な累をいじって遊ぼうとしなければ。そして累と閑の問題が持ち上がっていなければ。

累はもっと早くにスマートに動いて汐梨を手に入れられたでしょうけれど、そこは物語。

どこかぎこちなく不穏なキャラが集った見合いに向けて、やけに初々しい定番デートをするふたりを微笑ましくお見守りいただけたら、累の苦労も報われるかと思います……。

この物語のテーマは「希望を抱くこと」。

それでなくともコロナ禍の今、出口はあるかと不安を抱きやすい世情ですが、人と人が織りなす縁や絆を救いに、希望を忘れずにいてほしいというメッセージを込めさせていただきました。

ただ、縁や絆は救いになる反面、妹の愛里のように足枷になることもあり、さらに希望は自信や力になる反面、宗佑のような暴走の原因にもなるものです。

しかし、累が昔、汐梨に助けられなかったら。もしなんの根拠もないのに、また会えるという漠然とした希望を持ち続けていなければ。彼は弁護士として大成できなかったことでしょう。

弁護士になれたからこそ、その仕事の延長で汐梨に再会できた――そう考えれば、一見無関係でありそうな事象も皆、結果的にひとつの希望に繋がっていくのかもしれませんね。

今回、書いていて楽しかったのは、未知数な不思議ちゃんである閑です。

実はさらっとした王道恋愛ものが苦手な私は、物語を掻き回す風変わりキャラを入れるのが大好きでして。令嬢の身代わりの話にしようと思っていた時から、突っ込みどころ満載で、身代わりにされた汐梨も戸惑うほど、令嬢という固定観念を壊してくれるキャラクターを入れようと決めていました。三角関係に突入できる立ち位置にありながら、絶対にならないハイスペック令嬢……ある意味予想を裏切るのが閑です。

天才ゆえに達観して小悪魔的な言動に走る令嬢ですが、基本は無邪気。そんな彼女が解けない謎、解かずにいた方がいい謎はある。きっと彼女の未来こそが、この物語で一番に興味深い謎なのかもしれません。

私がＴＬ物語を書き始めて数年、気づけばありがたいことに何冊か書籍を出していただきました。

元々ミステリーやファンタジー畑で育った私としては、王道と濡れ場が苦手。苦手意識を克服するためにあえて書き始めたのが、現代日本が舞台のＴＬでした。夢を届けるファンタジーなのにかなりのリアルさを読者さまに求められる王道ＴＬは、特殊で奥深いなあと思いながら、今も修行あるのみです。

いつの日か、恋愛要素がありつつも、思いきりミステリーを書いてみたいなとか思ったり……。

ただどんなジャンルにおいても、私の根底にあるのは、特に苦しむ方々にとって、ひとときでも物語が励みとなり、前を向こうという気持ちになってくれたらということです。
〝夜は必ず明ける〟――初志貫徹として全作品に込めている想いを受け取っていただけたら幸いです。

最後になりましたが、書籍刊行にあたり、ご尽力くださいました方々に、御礼申し上げます。

編集担当者様、出版社様、デザイナー様、出版に関わってくださったすべての方々。

いつも応援くださる読者の方々。

皆様のお力添えがあり、素敵な本に仕上げていただくことができました。心より感謝致します。

また、表紙及び挿絵のイラストをご担当くださいました、天路ゆうつづ先生。

キャラデザイン画を見た時から、あまりに素敵すぎて大興奮でした。どうもありがとうございました。

そして、本書を手に取ってくださった皆様に、最大なる感謝を。

また元気に、どこかでお会いできることを祈って。

奏　多

ガブリエラブックス好評発売中

高嶺の花の勘違いフィアンセ

エリート副社長は内気な令嬢を溺愛する

玉紀 直　イラスト：上原た壱／ 四六判

ISBN:978-4-8155-4066-1

「自信がついたって思えるまで愛してやるから、覚悟しろ」

親が決めた婚約を嫌って家出した姉、美咲の代わりに、事故で頭を打った彰寛の看病をする美優。年上の幼馴染みである彼は美優にとって近くて遠い〝高嶺の花〟だったが、事故の衝撃で美咲のことを忘れた彰寛は、献身的な美優のことを自分の婚約者だと信じて溺愛する。「ずっとこうして美優を感じたいと思ってた」好きだった相手に抱かれて幸せを感じるも、本当のことを言えず苦悩する美優は──!?

〜 ガブリエラブックス好評発売中 〜

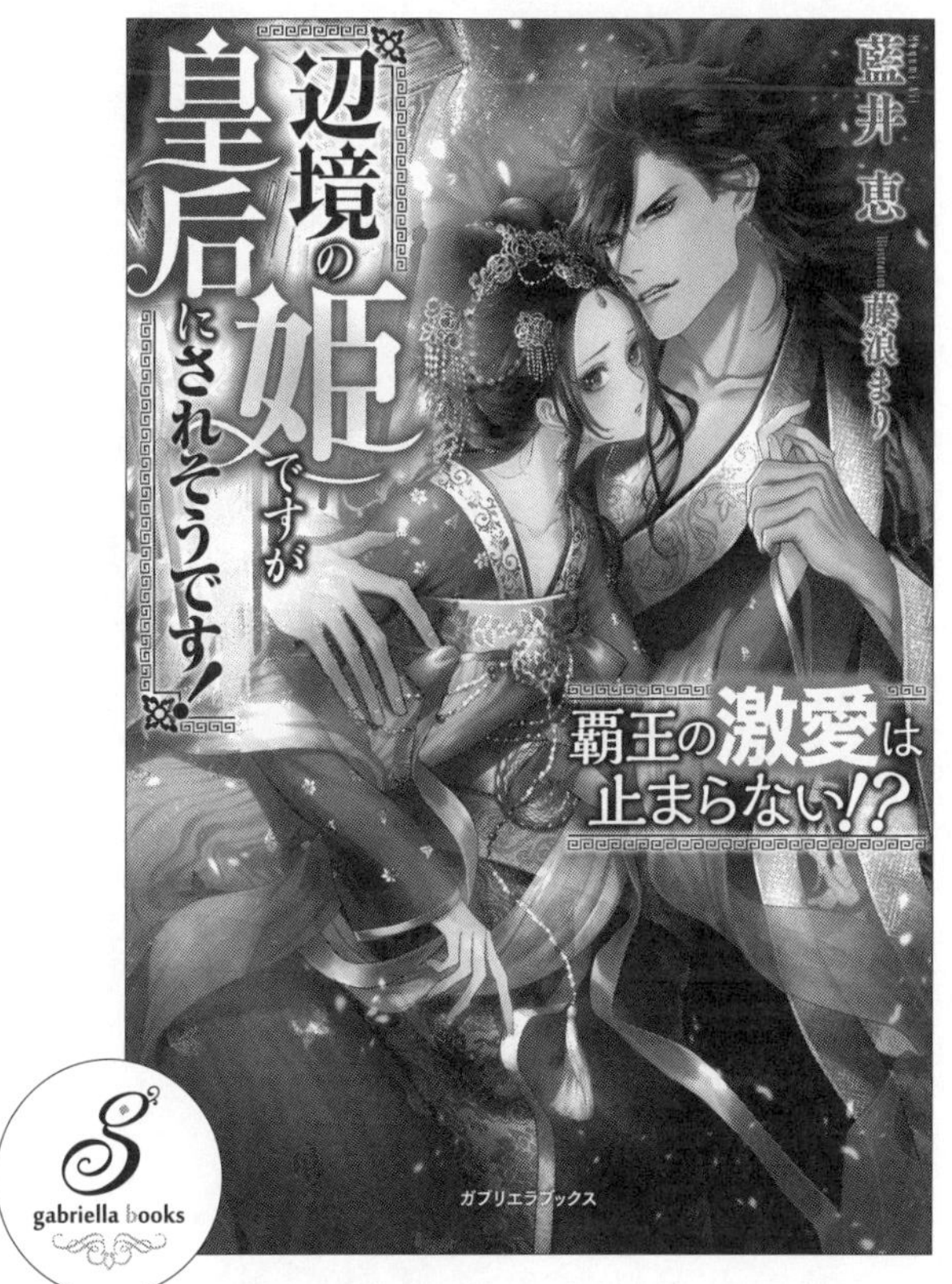

覇王の激愛は止まらない !?

辺境の姫ですが皇后にされそうです！

藍井 恵　イラスト：藤浪まり／ 四六判

ISBN:978-4-8155-4067-8

「後宮で俺を拒んだ女は初めてだ」

南の島国〝豊麗〟から陽帝国の後宮に嫁いだ千羽は、閨で皇帝、威龍の顔を見て驚愕する。彼は以前、千羽の処女を奪って姿を消した男、龍だった。「そうだ。そうやって俺を感じていろ」騙したと憤る千羽に、身分を隠して妃候補の顔を見に行ったら、お前に夢中になってしまったと口説く龍。後宮には妃が既に四人いるにもかかわらず、千羽以外は抱く気がないという龍に、周囲と千羽は動揺して—!?

ガブリエラブックスをお買い上げいただきありがとうございます。
奏多先生・天路ゆうつづ先生へのファンレターはこちらへお送りください。

〒110-0016　東京都台東区台東4-27-5（株）メディアソフト
ガブリエラブックス編集部気付 奏多先生／天路ゆうつづ先生 宛

MGB-045

いつでも二番目な私でしたが、エリート御曹司に熱烈求婚されそうです!?

2021年11月15日 第1刷発行

著　者	奏多（かなた）
装　画	天路（あまじ）ゆうつづ
発行人	日向晶
発　行	株式会社メディアソフト 〒110-0016 東京都台東区台東4-27-5 TEL：03-5688-7559　FAX：03-5688-3512 http://www.media-soft.biz/
発　売	株式会社三交社 〒110-0016 東京都台東区台東4-20-9 大仙柴田ビル2階 TEL：03-5826-4424　FAX：03-5826-4425 http://www.sanko-sha.com/
印　刷	中央精版印刷株式会社
フォーマットデザイン	小石川ふに（deconeco）
装　丁	齊藤陽子（CoCo.Design）

ISBN 978-4-8155-4068-5